यौगिक क्रियाएँ

एक योगी के अनुभव

'बापू' (प्रभाकर केशव मोतीवाले)

प्रकाशक
पुस्तक महल®

J-3/16, दरियागंज, नई दिल्ली-110002
☎ 23276539, 23272783, 23272784 • फैक्स: 011-23260518
E-mail: info@pustakmahal.com • *Website:* www.pustakmahal.com

विक्रय केन्द्र

• 10-बी, नेताजी सुभाष मार्ग, दरियागंज, नई दिल्ली-110002
☎ 23268292, 23268293, 23279900 • फैक्स: 011-23280567
E-mail: rapidexdelhi@indiatimes.com

• **हिन्द पुस्तक भवन**
6686, खारी बावली, दिल्ली-110006
☎ 23944314, 23911979

शाखाएं

बंगलुरू: ☎ 080-2234025 • टेलीफैक्स: 080-22240209
E-mail: pustak@sancharnet.in • pustak@airtelmail.in

मुंबई: ☎ 022-22010941, 022-22053387
E-mail: rapidex@bom5.vsnl.net.in

पटना: ☎ 0612-3294193 • टेलीफैक्स: 0612-2302719
E-mail: rapidexptn@rediffmail.com

हैदराबाद: टेलीफैक्स: 040-24737290
E-mail: pustakmahalhyd@yahoo.co.in

ISBN 978-81-223-1233-1

संस्करण: 2011

Mob. +91999389003
E-mail: vmotiwale@rediffmail.com
Website: www.avdhootchintan.com

मुद्रक : परम ऑफसेटर्स, ओखला, दिल्ली-110020

।।श्री।।

प्रस्तावना

भारत वर्ष अनादिकाल से महान योगियों की कर्मस्थली रहा है। 'योग' आत्मा के परमात्मा में एकाकार होने की घटना है। यौगिक क्रिया अध्यात्म क्षेत्र में सदा से ही रहस्यमय एवं अत्यंत जिज्ञासा का विषय रहा है। योग विद्या में पारंगत महान योगी, यौगिक क्रियाओं द्वारा योग सिद्धी को प्राप्त होकर अनेक असंभव लगने वाले कार्यों को अंजाम देते हैं।

बापू (श्री प्रभाकर केशवराव मोतीवाले) का नवीनतम ग्रंथ "यौगिक क्रियाएँ" वर्तमान समय में लुप्तप्राय यौगिक क्रियाओं के विषय में साधकों की जिज्ञासा का शमन एवं ज्ञानवर्धन करने वाला, अनेक वाक़यों को अपने में समाहित किए हुए, एक अनूठा संग्रह है। प्रत्येक वाक़या पूर्व जन्म की घटनाओं की स्वानुभूति को अभिव्यक्त करता है।

जीवात्मा के आत्मा, तदनंतर परमात्मा से तादात्म्य अर्थात् अद्वैत अवस्था की अनुभूति हेतु प्राचीनकाल से ही भारत वर्ष में अनेक विधियों की खोज हुई है जिनमें मुख्य रूप से भक्तियोग, ज्ञानयोग, हठयोग, राजयोग, कर्मयोग, क्रियायोग आदि हैं। योग अर्थात् आत्मचेतना के विकास की प्रक्रिया। बापू के शब्दों में "योग विद्या अंतहीन अविरल धारा है। मामला बडा नाज़ुक है। अहंकार का एक कंकड भी गति को रोक देता है। इसलिए बार-बार कहते आए हैं समर्पणात्मक पुरुषार्थ बिना योग संभव नहीं है। अहं से प्रेरित सत्कर्म भी सहजता से गर्त में डाल देते हैं।"

बापू कहते है, "अध्यात्म गहन विषय है, मार्ग अज्ञात है, चलने के लिए सद्‌गुरू की आवश्यकता पड़ती है।" ग्रंथ में गुरुभक्ति की अनूठी मिसाल प्रस्तुत की गई है। गुरू

की बात हो, यौगिक क्रिया की चर्चा हो तो माता अनुसूया सुत, अत्रि ऋषिपुत्र आदि गुरू श्री दत्तात्रेय के स्मरण बिना अधूरी ही रहेगी। श्री दत्तात्रेय महान योगी हुए है। उनके शिष्य पुरातन नाथ योगियों ने आध्यात्मिक आकाश के उच्च शिखर को छुआ है। प्राचीनकाल में प्रचलन में आई यौगिक क्रियाएँ जैसे स्थूल-सूक्ष्म अभेदना, स्थानान्तरण, कायान्तरण, परकाया प्रवेश, स्थूल देह त्याग पश्चात् बचे ''शेष'' की पुनर्स्थापना, अशरीरी चेतना को दिशा निर्देश देना, बिना स्थूल व इंद्रियों का उपयोग किए जीव की उत्पत्ति करना, ये सब उच्चतर यौगिक क्रियाएँ आज लुप्तप्राय हो गई हैं। इन यौगिक क्रियाओं के जानकार ज्ञाता आज नगण्य ही हैं जो अपने आप को गुप्त रूप में क्रियाशील रखे हुए हैं। प्रस्तुत ग्रंथ में इन सभी क्रियाओं का विस्तृत एवं प्रामाणिक वर्णन उपलब्ध है। प्रस्तुत ग्रंथ द्वारा ग्रंथकार का यौगिक क्रियाओं के श्रेष्ठ ज्ञाता, एक महान योगी के रूप में परिचय प्राप्त होता है।

''यौगिक क्रियाएँ'' ग्रंथ में सिद्धयोग साधक के सफर की शुरूवात से लेकर अंत तक की कडियों (अवस्थाओं) का सविस्तार वर्णन एवं मार्ग में आने वाली रूकावटें, कठिनाईयाँ व उनका निराकरण प्रामाणिकता, गम्भीरता एवं स्पष्टता के साथ-साथ रोचक ढंग से प्रस्तुत किया गया है। बापू कहते है, ''जब साधक में आध्यात्मिक गुण दृष्टिगोचर होकर आचरण में आते हैं तब उसे सहज रूप से दिव्यात्माओं एवं आत्मीय सद्‌गुरू का मार्गदर्शन प्राप्त होकर आगे का मार्ग प्रशस्त होता जाता है।'' सिद्ध योग साधक अपनी योग्यता एवं पात्रतानुसार चार संप्रदायों - गिरी संप्रदाय, पूरी संप्रदाय, तीर्थ संप्रदाय एवं अंत में नाथ संप्रदाय में से होकर गुज़रता है। इन संप्रदायों से गुज़रते हुए साधक अनेक कठिनाईयों, अपमान, तिरस्कार, कष्ट, पीड़ा, क्लेश, प्रवंचनाओं का सामना करते हुए अंतिम पायदान तक पहुँच पाता है। इसका मार्मिक वर्णन स्वयं की स्वानुभूति के माध्यम से ग्रंथ में वाक़यों के रूप में वर्णित है।

इस सफर में साधक औलिया, अवधूत परम्परा के अन्तर्गत अपने विशिष्ट गुणों के साथ बरतते हुए, गुरूमुखी होकर जन कल्याण करते हुए अपने गंतव्य को प्राप्त होता है। वर्तमान युग में साधारण जनमानस औलिया परम्परा से अवगत नहीं है। इस ग्रंथ के माध्यम से बापू ने औलिया के अस्तित्व पर प्रकाश डालते हुए यह दर्शाया है कि यौगिक क्रिया द्वारा अस्तित्व में आए दिव्य कण जो औलिया या अवधूत के रूप में जगत कल्याण का डंका बजाते हैं, महान योगी होते हैं। निर्गुण निराकार परब्रह्म स्वयं औलिया या अवधूत के रूप में धर्म की रक्षा हेतु अंशावतार ग्रहण करते हैं। ये ईश्वरावतार के साक्षीत्व हेतु चेतनाओं को तैयार करते हैं। औलिया के सान्निध्य में तत्वज्ञान की प्राप्ति अर्थात् ''होने के भाव'' को प्राप्त होना सहज रूप से घटित हो जाता है। बापू कहते है :-

मैं अपने आपको प्रकट करना
नहीं चाहता,
वरना कौन रोक सकता है
मेरे अस्तित्व को?

मैं अपना औचित्य
सिद्ध नहीं करता,
वरना पूछ कर देखो
अपने अन्तर्मन को।

मैं अपनी श्रेष्ठता का
दावा नहीं करता,
वरना पौंछ कर देखो
अपने दामन से, अपने जिगर को।

इसके लिए मैं श्रेय देता हूँ
उस क्रियाशक्ति को
कि उसने चुना है मुझे
उस विस्मृत कल उभारने को।

क्रियायोग में शक्तिपात के महत्व को नज़रअंदाज नहीं किया जा सकता। वर्तमान युग में शक्तिपात के विषय में अनेक प्रकार की गलत भ्रांतियाँ फैली हुई हैं। अज्ञानवश लोगों ने अपनी-अपनी धारणाएँ बनाकर शक्तिपात जैसी पवित्र विधा को बदनाम किया है। इस ग्रंथ द्वारा बापू शक्तिपात के विषय में गलत धारणाओं को तोड़ते हुए, शक्तिपात क्या है? क्यों किया जाता है? किन परिस्थितियों में होता है? एवं क्या उपयोगिता है? आदि जिज्ञासाओं का समाधान अत्यंत प्रामाणिकता एवं स्पष्टता के साथ करते हैं। बापू के शब्दों में, "औलिया जीव के स्वयं के संग्रहित संस्कारों में शक्तिपात द्वारा उचित परिवर्तन कर परमात्मा की मंशा को पूर्ण करने हेतु समायोजन करते है।"

बापू के इस गूढ़, रहस्यात्मक एवं रोचक ग्रंथ में सारगर्भित तत्वज्ञान को पढ़कर निश्चित ही पाठकगण आत्मविभोर होंगे। ग्रंथ की भाषा सरल एवं सुग्राह्य है। ग्रंथ मुमुक्षुओं हेतु मार्गदर्शक व ज्ञानवर्धक सिद्ध होगा।

कात्यायनी कण

आत्मा से ऊपर कुछ नहीं होता
आत्मरक्षा के लिए कुछ भी किया जा सकता है।
बडे से बड़े बलिदान हेतु
सदैव तत्पर रहना प्रेम है।

आज से करीब सत्रहवीं शताब्दी पूर्व का स्थान, आज का साबरमती और तब का शाबरशमती, सागर तट की रेत से निकलती भयावह गर्मी। बरबस किसी छांव की तलाश में घूमती हुई लंबी सुडौल गर्दन, खोज करती हुई चेतना से भरी आँखें, मूलाधार पर बिछी मांसलता, गद्देदार पुट्ठे, प्रतिस्पर्धा करता हुआ द्वैत भाव जो मात्र एक की प्रतीक्षा करता हुआ अपने शेष समय को अश्विन का सहारा लेकर, नथुने फूला-फूलाकर व्यतीत कर रही है। नथुने फुलाकर अश्विन जब रेचक करती तो चेतना, जो हृदयग्रंथी से निकलने वाली वायु है, सूक्ष्म श्वेत कणों में परिवर्तित होकर नाक के छेदों से बाहर फव्वारों के रूप में बिखरकर श्वेत कण अपने समकक्ष संस्कारजन्य अभिलाषा को पूर्ण करने हेतु प्रक्षेपण करती है।

"मैं" जो अपनी काया को नवीनीकृत कर अभी-अभी यहाँ आया हूँ, नाभि के नीचे गहरा धक्का लगता है। अचानक पूर्व संस्कारजन्य आवेग उद्वेलित हो जाते हैं और "मैं" अपने उस स्थान पर भँवर के समान चक्कर खाने लगता हूँ। आगे बढ़ने से पूर्व तुम्हें खुलासा तो करूँ कि यह अश्विन कौन है और यह "मैं" चक्कर खाने वाले का चक्कर क्या है?

इस घटना से करीब डेढ़ सौ वर्ष पूर्व इस सरज़मीं पर आततायी काले घने साये के रूप में सर्वत्र फैलते जा रहे थे। "मैं" सत्रह वर्षीय "राखाल" चौड़े कंधे, अजानबाहु, घने बाल, चौड़ी मूछों का स्वामी, इस सरज़मीं पर व्याप्त हाहाकार, स्त्रियों पर होते जुर्म, पशुआना हरकत पर क्रोध से उफनता हुआ लेकिन असहाय, एकाकी प्रयास कर जंगल–जंगल भटकता रहता था। ऐसे ही मेरा साक्षात्कार एक वृक्ष के नीचे बैठे पशु से हुआ। नज़दीक से देखने पर मालूम हुआ किसी मादा ने इस अश्विन को जन्म दिया है। मैं जो एकाकी था इसका सहारा मिल गया। भटकना अब अकेले नहीं पड़ता। संग यह बच्ची जिसने मेरे जीवन में कुछ देर शांति दी इसलिए इसका नाम शांता रख दिया। देखते–देखते तीन वर्ष गुज़र गए, शांता अब पूर्ण वयस्क थी। मैं अब उस पर सवारी करने लगा। बचपन का साथ, सान्निध्य होने के कारण शांता ने मुझे पूर्णरूपेण स्वीकार कर लिया था। शांता मेरे इशारों पर कठिन से कठिन छलांग लगा देती, सबसे तेज दौड़ लगा लेती। मैं जब भी उस पर सवारी करता, पटे मजबूती से कसता तो शांता रोमांचित हो जाती, एक तेज हिनहिनाहट और पूंछ को आसमान की ओर उठा देती, दोनों पैरों को उठाकर

अपनी प्रसन्नता व्यक्त करती, इशारा मिलते ही पवन से होड़ लगाने लगती। मैं भी रोमांचित हो उठता, लगाम को खींचकर सीधे पैर से उसकी जंघा पर दबाव डालता। बस! फिर क्या था? उस स्पर्शावेग से शांता मदहोश हो उठती। मैं आततायियों पर टूट पड़ता। देखते-देखते आस-पास का माहौल रक्तरंजित हो जाता, चारों ओर बिखरे हाथ-पैर, सर-धड़ धरती को पाट देते। मैं नीचे उतरकर शांता को चूम लेता, पुट्ठे पर हाथ फेरकर सहलाता, शांता को जैसे स्वर्ग मिल जाता। शांता बावली-सी होकर मेरे चारों ओर घूमने लगती, दो पैर पर खड़ी होकर मुझे बेतहाशा चाटने लगती। मैं उससे बातें करता, "हाँ हाँ! मैं तुम्हारी इच्छा समझ रहा हूँ, उसे ज़रूर पूरी करूँगा लेकिन वक़्त तो आने दो।" जब आप किसी को बेपनाह मोहब्बत करते हैं तो एक दूसरे की इच्छाओं को समझ ही जाते हैं, साथ ही एक दूसरे की मजबूरी को भी समझते हैं। राखाल भी शांता की इच्छा को समझ रहा था परंतु मजबूर था।

शांता पशु योनि में होकर भी समझदार थी। वह अपनी पीड़ा को शांत करने समुद्र में उतर जाती। मैं भी उसका अनुगमन करता। ऐसे ही घंटो बीत जाते, मैं उसे रगड़कर साफ करता। दो वक्ष जो पूर्णता को प्राप्त कर

चुके, देखता हूँ किसी कलाकार ने अपना संपूर्ण कौशल लगा दिया उभार बनाने में, जीवनदायिता डालने में। छूते हुए हाथ आगे की ओर बढ़ जाते हैं, स्नेह भरे स्पर्श से शांता गर्दन पीछे करके कौतुहल भरी आँखों से मेरे स्पर्श और संकोचमयी हरकत को देख रही होती है। पूँछ ऊपर करके शायद मेरी मूक सहायता कर रही होती है। मैं शांता को छाती से लगा लेता हूँ। शांता अपनी लंबी गर्दन मेरे कंधो पर रख देती है। घंटो बीत जाते। हम अपने डेरे पर जो तीन वृक्षों के बीच बांस की खपच्चीयों से बनाया था, वापस आ जाते हैं।

दिन पर दिन, साल पर साल गुज़रते जा रहे थे। एक ही जुनून और एक ही ख़्याल ज़हन में आता कि मैं अकेला इन आततायियों से कैसे लड़ूँगा? ढूँढ-ढूँढकर इन आततायियों के गुप्त अड्डों को तलाशने जंगल दर जंगल भटकना, कम से कम दस पाँच को कत्ल करना, ये नैमित्तिक कर्म-सा हो गया था। प्रायः आस-पास की बस्ती में जाता और उन्हीं के हित हेतु इस अविरल संघर्ष में सहायता करने हेतु मैं वहाँ के लोगों को समझाता। प्रायः सभी गौर से सुनते-से लगते। लेकिन क्या बच्चे, क्या जवान, क्या बूढ़े कोई भी संघर्ष में साथ देने के लिए तत्पर होने का नाम नहीं लेता।

ऐसे ही एक दिन की बात है, किसी गाँव के जमावड़े को समझाकर निराश और हताश होकर लौट रहा था। शाम का वक्त था, बहती नदी में थकावट मिटाने हेतु शांता के साथ मैं भी जल में उतर गया। शांता भी थकावट से निजात पाने लगी। मैं किनारे पर आकर बैठ गया। शांता अभी भी नहा रही थी। सहज ही मेरा ध्यान जल में उभरने वाली परछाई, जो मेरा ही प्रतिबिंब थी, पर गया और मैं चौंक-सा गया। कितने दिनों बाद या यूँ कहें वर्षों बाद प्रतिबिंब देखा और देखकर घबरा गया। वो जवानी, वो हृष्ट-पुष्ट शरीर कहाँ चला गया? परछाई में मैं वृद्ध नज़र आ रहा था। बार-बार पानी के छपाके मारकर मैं अपनी तंद्रा को तोड़ने का प्रयास कर रहा था, पर तंद्रा होती तो टूटती। मैं बार-बार अपने हाथ-प्रैर और चेहरे को छूकर देख रहा था। शांता कब मेरे पास आकर खड़ी हो गई पता ही नहीं चला। उसकी सांसे मेरे कंधे को छू गई तब मैं ख्यालों से बाहर आया। शांता को मैंने गौर से देखा यकायक मुझे लगा वो शांता कहाँ गई? गर्दन को छूकर देखा, आँखो में झांका। चेतना की जो मस्ती हुआ करती थी वो कहाँ है? शायद मेरे ज़हन में उठने वाले बवंडर को वो भांप गई। आँखों में आँसू,

चेहरा उतरा हुआ, मैं शांता के चारों ओर घूम गया। प्रत्येक अंग-प्रत्यंग देखने लगा, मुझे सच्चाई का भान हुआ। शांता भी बूढ़ी हो गई है। देखो ना! किसी जूनून, निःस्वार्थ उद्देश्य और चेतनाओं को यूँ ही ज़ाया होते हुए देखने का अवसर जब किसी चेतन के नसीब में आता है और उससे निजात पाने की धुन जब दिलो दिमाग पर छा जाती है, वक़्त का भान किसे रहता है।

जब कोई चेतना अत्यंतिक विह्ल हो जाती है तो प्रकृति भी पराकाष्ठा को प्राप्त होती है, मेरे साथ-साथ शांता भी उसी भाव को प्राप्त हो रही होगी वर्ना उसे दिशा का भान कैसे नहीं रहता। शांता जब हड़बड़ाई तो मैं भी चौंक गया। मेरे समक्ष एक वृद्ध जिनकी गहरी गड्ढे में धँसी आँखें, मुझे घूर रही थी, ने पूछा "इधर कहाँ जा रहे हो?" मैं क्या जवाब देता? वृद्ध ने कहा, "घबराओ मत, तुम सही जगह पर हो।" मैं नीचे उतर आया और वृद्ध के संग-संग चलने लगा। शांता भी साथ चल रही थी।

कुछ ही दूरी पर एक विशाल वृक्ष के साये में तीन कुटियाँ बनी हुई, बीच की कुटिया गेरूआं, दूसरी सफेद और पास वाली हरी। वृद्ध कहते हैं, गेरूआं रंग

शौर्य का प्रतीक, सफेद रंग शांति का और हरा रंग प्रकृति का प्रतीक है। इन तीनों में से एक भी गुण जिसके पास होता है वह अपने निहित संस्कारों को जानकर भोगने को प्राप्त होने वाला सदियों में कोई एकाध मुझ तक पहुँचता है। वृद्ध पीछे मुड़कर हँसते हुए कहते हैं, ‘‘तुम सही सोच रहे हो। इनमें से एक गुण तुममें अवश्य होना चाहिए अन्यथा तुम यहाँ कैसे आते?’’ उन्होंने एक मटके में रखे जल से मेरे हाथ-पैर धुलवाये। मैंने शांता को इशारा किया, वह वृक्ष के समीप रखे जल से अपनी प्यास बुझाने लगी।

वृद्ध ने सफेद कुटिया में प्रवेश कर कहा, ‘‘अब तुम्हें ये लड़ना, झगड़ना, मार-काट नहीं करना चाहिए।’’ मैं कुछ बोलने को ही था, कि कहते है, ‘‘मैं जानता हूँ, यह सब कुछ तुम अपने निहित स्वार्थ के लिए नहीं कर रहे हो। जगतकल्याण, जीवों पर दया और सबको समान जीने और प्रगति करने का और प्रेम पाने का अधिकार चाहिए ऐसी व्यवस्था करने का तुम्हारा इरादा काबिले तारीफ है। लेकिन ये जगत वाले अपना हित करने वाले का साथ नहीं देते और ना ही समझ पाते हैं। बरबस मेरे अंतर से

निकला, ''तो फिर मैं क्या करूँ?'' वृद्ध कहते हैं, ''तुम्हें सर्वप्रथम शांता की पुनर्स्थापना करके निहित संस्कारों का नाश करना चाहिए। अब बाकी बातें सुबह होंगी।''

आदतन सुबह तीन बजे के आस-पास उठकर नैमित्तिक कर्म किए। आज बड़ी उदासी लग रही थी, पैर टनों भारी थे, कंधे झुके-झुके और आँखों में नमी महसूस हो रही थी। किसी बात की कमी का अहसास गहराता जा रहा था। आँखों के सामने अंधियारा और चक्कर से लग रहे थे। मैं गिरने को होता हूँ तभी वृद्ध कंधे से पकड़कर सहारा देते है, ''धैर्य रखो, आगे के कर्म कैसे कर पाओगे?'' मैं समझ नहीं पाता। कुटिया में आता हूँ तो नज़र पड़ती है, सामने एक बांस की बनी टोकनी जिसमें ताजे फूल और मिट्टी खोदने का सामान रखा हुआ है। टोकनी में फूलों में ''जायफल'', ''तिरोहित'', ''आँवले'' व ''विशाखा'' रखे हुए थे। वृद्ध ने फूलों की टोकनी उठा ली मुझसे कहते हैं ये सामान तुम उठा लो। मै कुछ पूछूँ इसके पूर्व ही मुझे थपथपाकर कहते हैं ''चलो।'' कुटिया के पीछे दो-तीन लोग और खड़े थे। वृद्ध कहते है, ''पहले तुम थोड़ा खोद लो, फिर ये खोद लेंगे।'' मैंने दो-तीन गेती चलाई, तत्पश्चात् वृद्ध के साथ लौट पड़ा। जिस वृक्ष

के नीचे शांता खड़ी थी, देखा अब शांता कहाँ है। शांता तो असीम शांति में विलीन हो चुकी थी। मैं नीचे गिर पड़ा। पानी की बूंदों से जब होश आया तो वृद्ध कहते है, पानी की बूंदे कहीं प्रवाहित "आदि" तो नहीं! यह प्रकृति का नियम है। प्रकृति के साक्षी बनकर पंचतत्वात्मक शरीर को पंचतत्व में विलीन करने हेतु मैं तुम्हें कुछ विधान बताता हूँ। विधान ये हैं – जब पंचतत्वात्मक शरीर को पंचतत्व में विलीन करना हो तो कुछ साहित्यों की आवश्यकता होती है। जिनमें मुख्यतः "रात्रिनाद" "पिप्पलाद" "मारदन" तथा "सर्वत्र" का होना आवश्यक है। मैंने देखा समस्त साहित्य सामग्री यथास्थान रखे हुए है। वृद्ध कहते हैं, तुम इस विधान का अनुगमन करो। आने वाले काल में यही यौगिक क्रिया तुम्हें शांता से समागम करने हेतु प्राप्त होगी और फिर तंत्र-मंत्र और जंत्र के समन्वय से तुम आततायियों पर काबू पाकर परमतत्व के आवाह्न के लिए और पदार्पण के लिए मार्ग प्रशस्त करने हेतु कड़ी बनोगे। वृद्ध कहते हैं, "मैं भास्करगिरी मायावी शक्तियों का जानकार एवं इनसे होने वाले प्रतिकार का ज्ञाता भी हूँ और समयानुरूप इन तीनों कुटियों के सिद्धांत के अनुरूप आने वाले को उसकी अपनी क्षमता के अनुरूप शक्तियाँ प्रदान करता हूँ।"

ब्रह्मा को बनाया कुम्हार,
विवश किया ब्रह्मांड घड़ा बनाने को।
विष्णु को बनाया अवतारी,
दशावतार जंजाल बुनने को ।

रूद्र से भिक्षा मंगवाई,
हाथ में कपाल लेकर।
जिसके भय से सूरज लगाता है चक्कर
उस कर्मवीर को शत-शत् नमस्कार।

इस प्रकार भास्करगिरी द्वारा मुझे यौगिक क्रिया जनवाई गई। वृद्ध कहते हैं प्रथम तुम पृथ्वी तत्व का आवाह्न करो जैसे मैं करता हूँ। उन्होंने थोड़ी सी मिट्टी हाथ में लेकर आकाश में हाथ ऊँचे कर मंत्रोच्चार किया, मैंने भी वैसा ही किया और पाया कि मेरे हाथों में "हस्तपाद", "उल्लू", "हंस" अवशेष रूप में अवस्थित हो गये। मैंने बताए अनुसार बांस के बने पात्रों में अभिमंत्रित मिट्टी रख दी और हाथ में जल को लेकर, अभिमंत्रित कर मिट्टी पर छिड़क दिया। एक समिधा लेकर, अग्नि

को प्रज्जवलित कर अग्नितत्व का आवाह्न किया। जैसे ही अग्नि तत्व का आवाह्न हुआ बहुत जोर से सर-सर की ध्वनि के साथ सर-सर और बहुपाद, जीवांत उस अग्नि में प्रविष्ट होने लगे। वृद्ध कहते हैं, "अब ये मिट्टी और जल शांता के पार्थिव शरीर पर छिड़क दो।" जैसे ही मिट्टी को शांता के पार्थिव शरीर पर रखा गया तो अचानक धड़-धड़ मृदंग की आवाज के साथ फूल, भैरव, नैवृत्त आकर समाहित हो गये। अभिमंत्रित जल शांता के पार्थिव शरीर पर छिड़कते ही शरीर जल में घुलने लगा। वृद्ध कहते हैं, "शीघ्रता करो, आवाह्नीय अग्नि शांता पर उँडेल दो।" आवाह्नीय अग्नि को शांता पर उँडेलते ही चंदन श्वेत, बेर, बबुलसार ने एकांत में अपना-अपना स्थान ग्रहण कर लिया। देखते-देखते पार्थिव शरीर अग्नि से प्रज्जवलित हो गया। वृद्ध कहते हैं, "अब अग्नि को वायु और वायु को आकाश में आवाह्नपूर्वक प्रतिस्थापित करो।" वायु और आकाश में स्थापना हेतु श्याम, ऋषभ, श्वान तथा क्रौंच का आवाह्न किया गया। मैं देख रहा हूँ पार्थिव शरीर खत्म हो चुका है। वायु में मुसली, पत्थरफूल, धौली, जायपत्री, एक चित्र-विचित्र खोपड़ी के अंदर से सांय-सांय की ध्वनि के साथ वायुमंडल में

सुगंध भरने लगी। कपूर के जलने के पश्चात् जैसे कुछ शेष नहीं रहता वैसे ही सफेद छोटा सा हिस्सा दिखाई देने लगा। वृद्ध के कहने पर वहाँ की बची हुई मिट्टी खोदकर निकाल ली गई और साथियों द्वारा बनाई गई अंडाकार खुदाई में "शेष" को उस गड्ढे में रख दिया गया। ऊपर मिट्टी डालकर कुछ पल मौन और कुछ मंत्रो का उच्चारण। ये सब कर्म करने में एक प्रहर का समय तो लग ही गया होगा।

भास्करगिरी द्वारा तेरह दिन तक उसी नियत समय पर प्रथमतः पृथ्वी, फिर जल, अग्नि, वायु और आकाश में जीवात्मा को कैसे स्थानांतरित किया जाता है, यौगिक क्रिया के द्वारा मंत्रों की सहायता से कैसे जमावट की जाती है, बताया गया। जमावट में निम्न बातों का विशेष ख़्याल किया जाता है।

गज, अश्व, कपि, कपोत
दौड़-भाग-उड़, डोल रे।
मृग श्वेत-श्याम बन
सर्प मूशक ध्वज रे।

तीन ताल से ताल बजाऊँ

गौरेया बन, दीवा, दंत, आश्रय रे।

ऊँ फट्–फट्–फट् स्वाहा।।

उपरांत आत्मा को देह धारण करने में कैसे दिशा–निर्देश दिए जाते हैं, विस्तार से समझाया। क्रियाओं तथा प्रतिक्रियाओं के द्वारा आने वाली रूकावट को कैसे स्तंभित कर पुनः गतिशील किया जाता है, यह भी बताया। स्तंभित करने हेतु जायपत्री, कोंकण के सम भाग में आहुति की जाती है। मैथुनांत, सागर, सावित्री के प्रत्यारोपण पश्चात्,

फट् फट् फट् SSS

हो हा हो SSS

छो छा छो SSS

फट् SS स्वाहा।।

आज तेरह दिन हो चुके हैं, भास्करगिरीजी कहते हैं, "शांता की आत्मा इस व्यापकता में अपने संस्कारों को समाहित करते हुए विचरण करेगी और अनुकूल चेतना

प्राप्त होने पर पुनः इसी अश्विन के रूप को ग्रहण कर तुम्हारे निमित्त हृदयग्रंथि से श्वेत कणों को बिखेरते हुए तुम्हें उद्वेलित करेगी।''

मैं (नवीनीकृत) चक्कर खाते-खाते स्तंभन को प्राप्त हुआ। अश्विन और जोर से संप्रेषण करने लगी। बीते संस्कार घनीभूत होने लगे। दण्ड-संधान के लिए अपने चैतन्य को प्राप्त हुआ और अगले ही पल अपने संस्कारजन्य शेष कर्मों को पूर्ण करने हेतु वायुगति से निकल पड़ा। गहनता जो अंधकार में सम्मिलित थी, एक तेज प्रकाशपुंज के रूप में आलोकित करते हुए अपने नियत स्थान को बिंदूस्वरूपा सहित व्यापकता के काज को पूर्ण करने हेतु प्रतिस्थापित हो गई। एक तीखी हिनहिनाहट कोख से एक शीशु का पुनर्जन्म। अब शांता अपने संस्कारों को पूर्ण कर भृकुटि को फाड़कर व्यापकता में अपने संस्कारों को लेकर विचरण करने लगी। विचरण करने में और अपने आप को (जीवात्मा को) महफूज़ रखने हेतु गुरू आत्मीय द्वारा प्रदत्त ''बबुला'' ''कुकुट'' भस्मसार का कवच बनाना ज़रूरी होता है। तब का राखाल आज का नवीनीकृत अनामी अपने शीशु रूप को देखकर अश्विन प्रेयसी से तादाकार करके अश्विन से ही उत्पत्ति को प्राप्त हुआ।

चलो यह राज़ तो खोल दें कि आज का नवीनीकृत अनामी जो पुरातन था, नवीन कैसे बना? इसके लिए तुम्हें मेरे साथ वापस लौटकर वहाँ आना होगा जहाँ "मैं" राखाल, शांता की पुनर्स्थापना पश्चात्, अपने कारण की पूर्ति हो जाने से, शेष जीवन भास्करगिरी के दिशा निर्देशानुसार व्यतीत करने लगा। अब कोई कर्म शेष नहीं था एवं भास्करगिरीजी महाराज द्वारा मारकाट आदि करने की मनाही कर दी गई थी। आप सोच सकते हैं जिस व्यक्ति ने ज़िंदगी भर जो कार्य किया अचानक उसे वो सब करने से रोक दिया जाए तो ज़िंदगी निरुद्देश्य एवं पहाड़नुमा हो जाती है। अब शांता का भी साथ नहीं है जिससे अत्यधिक लगाव उत्पन्न हो गया था। अतः मेरा जीवन "राखालपुरी" के नाम हो गया। मेरे द्वारा भास्करगिरीजी महाराज को पूर्णतः सभी स्तरों से स्वीकार कर उन्हीं के निर्देशानुसार शेष जीवन चल रहा था इसलिए भास्करगिरीजी द्वारा प्रदान की गई समूची शक्ति स्वतः ही मुझे प्राप्त हो गई। अब मैं "राखाल" पुरी संप्रदाय के अंतर्गत औलिया (संत) की श्रेणी में अपना जीवन व्यतीत कर रहा था।

“जब कभी भी शिष्य द्वारा गुरू को इस प्रकार पूर्णता के साथ स्वीकार किया जाता है तो स्वयं की इच्छाओं का अंत हो जाता है तथा गुरू की इच्छा पूर्ण करने हेतु गुरू की समस्त शक्तियाँ, विद्याएँ स्वतः ही शिष्य में प्रवेश कर जाती हैं।”

इस प्रकार “मैं”, पुरातन समय से चले आ रहे गिरी संप्रदाय के अंतर्गत यौगिक क्रियाओं का ज्ञाता, भास्करगिरी द्वारा प्रदत्त समूची मायावी शक्तियों का ज्ञाता “राखालपुरी” अपनी पंचप्रकृति द्वारा निर्मित बूढ़ी काया को ढोते–ढोते थक–सा गया। आप समझ सकते हैं, स्थूल शरीर जो अपने कारण को पूर्ण करने हेतु बीजरूपा बनकर उस माहौल में दफन होता है तो अंकुरित हो उठता है और अपने नियति के द्वारा पोषण को प्राप्त कर विकास की प्रक्रिया पूर्ण करने हेतु अग्रसर हो जाता है। वास्तव में स्थूल शरीर अर्थात् पंचप्रकृति निर्मित काया एक पौधा ही तो है जो अंकुरित होकर अपनी (वंशानुगत संस्कार, व्यवस्था, अनुकूलन, योजना के तहत्) प्रकृति से अपने गुण को संभालकर, बचाकर रखते हुए अपनी तादाद को बढ़ाता है, फलता–फूलता है और अपने ही अनेक प्रतिरूपों को

प्राप्त कर पुनः पंचप्रकृति में मिल जाता है। मैं राखालपुरी समझ गया हूँ कि इस काया द्वारा अपनी वंशानुगत संस्कार, व्यवस्था, अनुकूलन, योजना, नियति और पुरूषार्थ, जितने समाहित, परिलक्षित होने थे, हो चुके। मुझे अब इस शरीर से मुक्त हो जाना चाहिए।

दक्षिण के सुदूर घनघोर जंगल में बहती नदी के किनारे से चलते हुए मैं अपने आप में विचार कर रहा था, इस बूढ़ी काया को छोड़ने से पहले अपना लक्ष्य तो निर्धारित कर लूँ कि इस काया को छोड़कर किस गर्भ में प्रवेश करना है? चिंतन से इस निष्कर्ष पर पहुँचा कि गर्भ धारण करना अतित्रासदायी और मूर्खाना काम लगता है तो क्यों न मैं शक्ति का उपयोग कर नवीन काया प्राप्त कर लूँ। यह ख्याल मुझे ठीक लगा और मैं हँस पड़ा। अगले ही पल खामोश होकर सोचने लगा, काया कैसे प्राप्त हो? इसका तो यह अर्थ हुआ कि जो उस काया में पूर्व से ही उपस्थित है, क़ाबिज़ है, उसे बाहर निकाला जाए, बेघर किया जाए। यह बात मेरे अंतःकरण को जँचती नहीं (मान्य नहीं)। काया प्रवेश के कुछ सिद्धांत हैं:

1) काया नूतन हो अर्थात् जवान होना चाहिए।

2) जिस काया में प्रविष्ट होना है वो हृष्टपुष्ट और सशक्त होना चाहिए।

3) किसी भी काया में प्रवेश हेतु, पूर्व से ही विद्यमान आत्मा को, अपने निहित स्वार्थ के लिए चाहे वह आध्यात्मिक उद्देश्य के लिए ही क्यों न हो बाहर नहीं निकालना चाहिए।

4) ऐसी काया चाहिए जिसके प्राण उसकी भाग्यदशा के अनुसार निकलते हुए हो और प्रवेश करने वाला उस वक्त मौजूद हो।

मैं इन ख्यालों के चलते हँसने लगा। ऐसा कैसे संभव होगा। कोई अपनी नियति से देह त्याग रहा हो और मैं वहाँ मौजूद होऊँ? इसका अर्थ तो यह हुआ कि बूढ़ी काया को और ढोना पड़ेगा। बस ख्यालों में चलते-चलते पैर पत्थर से टकरा गया और विचारों की तंद्रा से बाहर आ गया। बकरियों की आवाज़ सुनाई दे रही थी, एक जवान नदी के किनारे जानवरों को चरा रहा था। सहज लक्ष्य चरवाहे पर जाता है और मुझे वो भा जाता है। मैं कुछ सोच पाऊँ इसके पूर्व ही चरवाहा चिल्लाने लगा..... अरे! काट लिया रे...... आस-पास के साथी चरवाहे को घेर लेते हैं और साँप को देखकर मार डालते हैं। सर्प के

विष से चरवाहा मरने को होता है, पानी-पानी चिल्लाता है और नदी की ओर दौड़ लगा देता है। एक छलांग और चरवाहा नदी की धारा में। नदी की धारा काया को बहा ले जाती है। काया से प्राण अलग हो गए होते हैं और मैं नदी के किनारे-किनारे शरीर को दौड़ाता रहता हूँ। ध्यान बहती हुई काया पर है। बहुत दूर निकलने पर बहती हुई काया किनारे लग जाती है। मैं उसे उठाकर कंदरा में चला जाता हूँ। जब दृढ़ इच्छाशक्ति सत्य कर्म हेतु तैयार हो जाती है, तो क्रियाशक्ति की मदद मिल ही जाती है। और मैं प्रयाण पूर्व की तैयारी में व्यस्त हो जाता हूँ। कुछ समिधाएँ जो सहज उपलब्ध थी जमाता हूँ और अपने तपोबल से अग्नि प्रज्जवलित कर सामने रखी काया को जल से प्रक्षेपित कर सिद्धासन में आरूढ़ हो जाता हूँ। मूलाधार से चेतनाशक्ति को गहन कुंभक के द्वारा जो पूरक से किया गया था, अपानवायु को उद्वेलित कर, समान वायु का आवाह्न कर व्यानवायु को रोम-रोम से खींचना शुरू कर देता हूँ। उदान को बीज मंत्र का सह. ारा लेकर पुकारता हूँ। उदान उड्डयान के लिए आवश्यक है, उसे प्रज्जवलित कर निमिष मात्र का विश्राम करता हूँ। संपूर्ण प्राण वायु को भृकुटी में स्थापित कर, कपाल

भेदन द्वारा अपनी पुरानी काया को त्याग देता हूँ। और जो संकल्प शक्ति समाहित की गई थी उसका सहारा लेकर अपने समीप रखी नवीन काया में ओंकार सहित प्रकृति का आवाह्न कर प्रविष्ट हो जाता हूँ। यही मेरा नवीनीकृत देह, जिसका प्रयोजन अर्थात् शांता से समागम एवं अनामी का जन्म, पूर्ण हो जाने से अनामी के रूप में अगली यात्रा पर निकल पड़ता हूँ।

राखाल के संस्कारों को पुनर्स्थापना के हेतु चरवाहे में प्रविष्ट कर भास्करगिरी द्वारा पुनर्नियोजन एवं पुनर्व्यवस्था कर नवीनीकृत अनामी की उत्पत्ति हुई तो अब राखाल के रूप में चरवाहे के शरीर का क्या प्रयोजन? मैं अपनी स्थूल देह जो राखाल, चरवाहा, भास्करगिरी के वंशानुगत संस्कार प्रदत्त थी, को त्यागकर 'अनामी' में संस्थापित हो गया।

जब यह घटना घटी अर्थात् राखाल एवं शांता का समागम हुआ तो पाँच घटनाएँ अस्तित्व में आई। सर्वप्रथम संधान हुआ, नवीनीकृत राखाल की भृकुटि से शांता का निकलना हुआ, अनामी के रूप में बालक का प्रकटीकरण हुआ, नवीनीकृत राखाल अर्थात् चरवाहे के शरीर के

प्राण निकलकर शिथिल होना हुआ, तथा शांता का ब्लास्टिंग होकर इक्कीस दिव्यकण निकले। अर्थात् जब कभी भी उपरोक्तानुसार कोई घटना घटती है तब इन चिंगारियों के रूप में संत–औलियों का जन्म होता है। ये औलिया निश्चित कार्यक्रम के तहत आते हैं एवं अपना निमित्त पूर्ण कर प्रस्थान कर जाते हैं। जब इन्हें कहीं किसी चेतना से कोई उम्मीद नज़र आती है या उपरोक्त बताये अनुसार तीन गुणों में से एक भी गुण दिखाई देता है तो ये प्रकट हो जाते हैं। ये औलिया आने वाले समय में होने वाले ईश्वरावतार के वक्त जो चेतना उपयोगी सिद्ध हो सकती है उन्हें तैयार करते हैं। उपरोक्त इक्कीस औलियाँ में से कुछ औलियाँ के जीवन वृतांत दर्शाए गए हैं।

अनेक संत औलिया हुए हैं, प्रत्येक की अपनी अपनी रूचि संस्कारगत या स्वभावगत होती है। कुछ समाधि में ही रहना पसंद करते हैं तो कुछ अदृश्य रहकर परमात्मा को प्रकट होने में सहायता करना पसंद करते हैं। कुछ औलिया जो योग्य साधकों को दिशा निर्देश देकर सहायता करना चाहते हैं तो कुछ हमारे जैसे जड़ जगत में रहकर सामान्य व्यवहार करते हुए दृश्य या अदृश्य का सहारा लेकर चेतनाओं को एकत्रित करके उनमें शक्तिपात

(जागृति) द्वारा परमात्मा के लीलावतार में साक्षी बनाना चाहते हैं।

जीव को निरंतर यात्रा करते हुए और प्रत्येक जन्म में संग्रहित संस्कारों का भोग करते हुए सद्‌गुरू सान्निध्य प्राप्त होता है। अंतर की परिष्कृतता व पूर्व वर्णित तीन गुणों में से एक गुण के होने से साधक को अगली यात्रा में पदार्पण हेतु सद्‌गुरू का सान्निध्य प्राप्त हो ही जाता है। आगे की यात्रा हेतु जीव को निम्न चार संप्रदायों में से होकर गुजरना पड़ता है।

(1) गिरी संप्रदाय (2) पुरी संप्रदाय

(3) तीर्थ संप्रदाय (4) नाथ संप्रदाय।

एक औलिया हुए जो गिरी संप्रदाय के अंतर्गत मोहितगिरी के नाम से प्रसिद्धि को प्राप्त हुए। मोहितगिरी, लंबा कद, पठान–सा शरीर एवं शक्ति के तेज से पूर्ण मुखमंडल पर चैतन्य आँखें सुशोभित। छोटे से कस्बे में रहते साथ ही एक दो शिष्य भी थे। वैसे भी औलिया की मांग बहुत ही कम होती है। बस, एक समय भोजन जिसमें टिक्कड़ के साथ कुछ भी चल जाता था। औलिया की खासियत यह होती है कि वह निश्चित स्थान पर पहुँचकर अपने कर्म को याद करते हैं जबकि सामान्य जीवन में हम लोग घर से सोचकर, तय करके निकलते हैं कि यह कार्य करना है।

एक दिन की बात है मोहितगिरीजी महाराज ने अचानक अपने चेले से कहा कि चलो और कस्बे से निकलकर सड़क पर आ खड़े हुए। इसी दौरान सड़क से एक मिनी ट्रक निकला। मोहितगिरीजी महाराज ने ट्रक को रोकने हेतु हाथ से इशारा किया परंतु ट्रक नहीं रूका। महाराजजी के मुख से एकदम निकला ''पिछले फूट बे'' और ट्रक का पिछला पहिया फूट गया। महाराज ट्रक तक आए और ड्राइवर से कहा ''क्यों''? हमने तुम्हें रूकने को कहा था, नहीं रूके अब रूकना पड़ा ना। ड्राइवर ने कहा ''महाराज हम तो बड़वाह जा रहे हैं इसलिए नहीं

रोका था। महाराजजी ने कहा, मूर्ख! हमें बड़वाह जाना है तभी तो तुम्हें रोक रहे थे। हमें पता था तुम बड़वाह जा रहे हो। अब जल्दी टायर ठीक करवाओ, हम अभी आते हैं। महाराजजी शिष्य को साथ लेकर पुनः अपनी विश्राम स्थली पर आए, शिष्य से टिक्कड़ बनाने के लिए कहा। भोजन पाकर पुनः ट्रक के पास आए तब तक ट्रक ठीक हो चुका था। महाराजजी शिष्य के साथ ट्रक में बैठकर बड़वाह की ओर प्रस्थान कर गए। तीन घंटे पश्चात् बड़वाह के बाहरी इलाके में एक ढाबे के सामने जाकर ट्रक रूका। वह एक पंजाबी ढाबा था। ढाबे का मालिक सरदार था, नाम था गुरमीतसिंह। उनकी पत्नी का नाम रजिन्दर कौर था। दोनों मिलकर ढाबे को चलाते थे। ढाबा ठीक–ठाक चल रहा था, दोनों का खाना–पीना हो जाता था। साथ ही कुछ अतिरिक्त आय भी हो जाती थी।

गुरमीतसिंह साँवले रंग के हृष्ट–पुष्ट अंगयष्टि तथा सामने के दो दाँत कुछ बाहर की ओर निकले दिखाई देते थे। वो एक सीधे–सादे इंसान थे। सभी की मदद करना उनका शौक था। ढाबे पर अधिकतर ट्रक ड्राइवर, क्लीनर आदि आते रहते। यदि किसी के पास पैसे कम रहते तो कभी भी ना–नुकुर नहीं करते, कहते वापस

आओगे तो फिर दे देना। कई बार तो ड्राइवर, क्लीनर को ज़रूरत होने पर पैसे उधार भी दे देते। बस, यही दिनचर्या थी गुरमीतसिंह की। वो हमेशा सभी को संतुष्ट रखने का प्रयास करते। ढाबे पर काम करने वाले नौकर-चाकरों से भी अच्छा व्यवहार रखते थे।

ऐसे ही मोहितगिरीजी महाराज का गुरमीतसिंह के ढाबे पर आना हुआ। महाराजजी ने कहा, सरदारजी भोजन करवाईये। सरदार तो सरदार ही ठहरे, प्रतिप्रश्न कर बैठे, पूछा पैसे हैं? महाराजजी ने निवेदन किया, हे सरदार तुम तो अनेकों को भोजन कराते हो तो फिर हम तो फकीर हैं। हमें भी भोजन करा दो, कम नहीं पड़ेगा। सरदारजी को आज पता नहीं क्या हुआ था, साफ मना कर गए। महाराजजी ने तुरंत कहा "पलट बे"। और एक पनीर की सब्जी से भरा पतीला सरदार के सामने ही पलट गया। अब सरदार को काटो तो खून नहीं। महाराजजी ने पुनः पूछा भोजन करा रहे हो या दूसरा पतीला पलटवाना है? सरदारजी तुरंत शरणागत हुए, बोले नहीं नहीं महाराजजी आप इत्मिनान से भोजन कीजिए। अब सरदारजी ने अत्यंत विनम्रता के साथ मनपूर्वक महाराजजी को भोजन कराया। महाराजजी ने कहा,

गुरमीतसिंह आगे से ध्यान रखना इस मार्ग से निकलने वाले प्रत्येक साधु को कभी भी भोजन के लिए मना मत करना। इस घटना के पश्चात् जब तक गुरमीतसिंह का ढाबा रहा, संतों, औलियाँ से कभी भी पैसे नहीं लिए। हमेशा संतों के लिए भोजन निःशुल्क रहा।

भोजन करने के पश्चात् मोहितगिरीजी महाराज एवं उनके शिष्य पुनः सड़क पर उसी दिशा में मुंह करके खड़े हो गए जिस दिशा से आये थे। कुछ ही देर में एक ट्रक को हाथ दिया। ट्रक नहीं रूका तो पीछे से महाराजजी ने कहा अगले "उड़ बे", इतना कहना था कि चालू ट्रक खटर-खटर करके बंद हो गया। महाराजजी उसके पास गए और बोले, "क्यों बे! ट्रक क्यों नहीं रोका"। ट्रक वाला कहने लगा, "महाराजजी पास में ही जा रहे थे।" महाराजजी बोले, हमें पता है इसलिए तो तुम्हें रोका, चलो बैठो ट्रक में। ट्रक वाला उनके तेज को देखकर यह भी भूल गया कि ट्रक खराब हुआ है। जब ट्रक में बैठने लगा तो ध्यान आया कि ट्रक तो खराब हो चुका है। कहने लगा, महाराजजी इसे तो सुधारना पड़ेगा। महाराजजी ने कहा हम बैठते है फिर चालू करना। जैसे ही महाराजजी ट्रक में बैठे बंद ट्रक चालू हो गया। ट्रक वाला आश्चर्यचकित-सा देखता ही रह गया।

महाराजजी बड़वाह तक सिर्फ एक कार्य के लिए आए थे वह था गुरमीतसिंह को पलटवाना। गुरमीतसिंह में वह गुण था जो व्यापकता के कार्य हेतु आवश्यक होता है। वह निचले स्तर के लोगों की मदद करता एवं बदले में कुछ भी नहीं चाहता। अर्थात् बिना किसी चाहत के अपने आप को पेश करना। उसमें गुण था तो मोहितगीरीजी महाराज को आना ही पड़ा। यहाँ यह बात ध्यान देने योग्य है कि जहाँ कहीं भी गुण होते हैं वहाँ वो प्रकट हो ही जाते हैं। गुरमीतसिंह के जीवन में भी अचानक महाराजजी प्रकट हुए और जो कार्य अभी तक अशाश्वत को संतुष्ट करने हेतु कर रहा था उसे पलटवा कर शाश्वत को संतुष्ट करने हेतु लगा दिया। महाराजजी ने उसके अंदर जो गुण था उसे शुद्ध करके शाश्वत की ओर मोड़ दिया।

इस प्रकार गुरमीतसिंह के ढाबे पर अब कोई संत, औलिया आते तो गुरमीतसिंह को उनमें महाराजजी ही नज़र आते। वह उनकी मनःपूर्वक आवभगत, सत्कार करता एवं भोजन कराकर पूर्ण संतुष्ट होने पर विदा करता। प्रत्येक साधु संत में उसे औलिया अर्थात् मोहितगिरीजी के दर्शन होते। इस तरह गुरमीतसिंह का तीन-चार वर्षों का समय

औलिया के दर्शन करते-करते गुज़रा। एक दिन वो अपनी पत्नी से बोले, ''मुझे देश की याद आ रही है, मैं चाहता हूँ अब हम देश चलें''। उनका देश पंजाब में अमृतसर से 30 कि.मी. दक्षिण दिशा में एक छोटा-सा कस्बा था जहाँ उनकी ज़मीन एवं जीर्ण-शीर्ण दशा में एक मकान था। ढाबे की व्यवस्था वहीं के एक नौकर को सौंपकर वे देश की ओर प्रस्थान कर गए।

गाँव पहुँचकर उनकी दिनचर्या शुरू हुई। अब तो गुरमीतसिंह को रात-दिन औलिया ही नज़र आते। मंदिर जाते तो औलिया दिखते, गुरूद्वारे जाते तो औलिया के दर्शन होते। अब सरदारजी पास के गुरूद्वारे में जाकर दिन भर सेवा करते, शाम को प्रसादी के रूप में लँगर छक-कर घर चले जाते। उन्हें सब में औलिया ही नज़र आते। इसी तरह उनकी दिनचर्या चल पड़ी। करीब आठ वर्ष तक गुरमीतसिंह यही कार्य करते रहे। अब धीरे-धीरे अशक्त होने लगे। फाल्गुन मास में, ग्यारह मार्च सन् सत्रह सौ उन्नब्बे को शुक्ल पक्ष की रात्रि के करीब बारह से साढ़े बारह के समय गुरमीतसिंह के प्राण देह से विलग हुए। जब गुरमीतसिंह के प्राण निकले तो औलिया मोहितगिरीजी द्वारा उनके प्राणों को सहेजकर

अगले प्रयोजन हेतु श्रृणयोनि भस्मसार द्वारा अभिमंत्रित कर संरक्षित कर रखा गया।

इधर मोहितगिरीजी महाराज को एक दिन सीताफल खाने की याद आई तो वो गाँव की तरफ रवाना हुए। उन्होंने एक ट्रक को रोका एवं उस पर सवार हो गए। कुछ समय के सफर के पश्चात् बीच में एक घाटी में रूक गए। यह स्थल गाँव से कुछ पहले स्थित था। यहाँ रूककर वे विचार करने लगे कि यहाँ मैं क्यों आया हूँ? तब विचार आया कि मैं यहाँ सीताफल की प्राप्ति हेतु आया हूँ। तब आगे की ओर प्रस्थान कर गाँव पहुँचे। गाँव के किले में अंदर की ओर एक बहुत पुराना बरगद का पेड़ है, करीब सात सौ-आठ सौ वर्ष पुराना। यहाँ पहुँचने के उपरांत उन्होंने देखा कि यहाँ सीताफल की बहुतायत है।

अब मोहितगिरीजी महाराज ने सीताफल को चुनकर उसे अभिमंत्रित करना शुरू किया। यह सब करने का उद्देश्य यह है कि जिस गुरमीतसिंह की एक रोटी खा चुके उसका कर्ज अदा करना है। मोहितगिरीजी महाराज द्वारा उस सीताफल को अभिमंत्रित कर अपनी क्रियाशक्ति

को उसमें एकत्रित किया गया। इसके पश्चात् उन्होंने उस सीताफल का सेवन किया। जब गुरमीतसिंह को वह क्रियाशक्ति देना होगी तब उचित समय आने पर "दुर्वांकुर" "धावन" को आवाह्नीय अग्नि सहित उसे प्रदान की जाएगी। औलिया जब किसी के यहाँ भोजन कर लेते हैं तो उसके कर्ज़दार हो जाते हैं। चूंकि वे भोजन ही सुपात्र के घर करते हैं इसलिए उसे उचित प्रतिफल देने के लिए वचनबद्ध होते हैं। इस प्रकार मोहितगिरीजी महाराज दो प्रयोजन पूर्ण कर अपने नियत स्थान पर पहुँचे।

अब मोहितागिरीजी महाराज के प्रयोजन पूर्ण हो चुके थे। इसलिए वो स्थान परिवर्तन की तलाश में निकल पड़े अर्थात् अब उनका कर्म बदलने लगा। आज से करीब तीन सौ ग्यारह वर्ष पूर्व एक गांव जिसका आज नाम चावड़ाखेड़ी है उस समय उसकी बसाहट बारह सौ घर थी जिसमे सभी जातियों के लोग रहते थे। मोहितगिरीजी महाराज इस स्थान पर विक्रमगिरीजी महाराज के रूप में आए तथा गाँव के निम्न कोटि के लोग जहाँ रहते थे वहीं पर रहने लगे। ये कुछ अलग ही कार्य करते रहते थे। मोहितगिरी महाराज अब विक्रमगिरीजी महाराज के नाम से पहचाने जाने लगे तो उनमें बहुत अधिक परिवर्तन हो

चुका था। अब उनके कर्म बदलने के कारण रहन–सहन आदि विपरितता को लिए हुए था। अब वे डाँटते, चिल्लाते, क्रोध करते, जो भी हाथ में आता फेंककर मारते, गंदगी में ही रहते तथा स्वयं भी गंदे रहने लगे। इसके बावजूद औलिया के गुण तो विद्यमान थे ही। इसलिए गाँव के लोग अपनी समस्याएँ लेकर इनके पास आते और उनकी समस्या का समाधान भी हो जाता था। विक्रमगिरीजी महाराज का समस्या निवारण का तरीका भी बड़ा ही विचित्र था। उनके पास जो भी व्यक्ति समस्या निवारण हेतु आता उसे प्रसाद के रूप में वे अपना मल दे देते। प्रसाद के रूप में मल को पाकर अनेकों लोग उन्हें समझ नहीं पाते व उनका तिरस्कार कर देते थे। इससे वे नाश को प्राप्त होते थे। तथा जो लोग उनके दिए गए प्रसाद को ग्रहण कर लेते थे, उनकी समस्या का समाधान होकर उनके वारे–न्यारे हो जाते थे। धीरे–धीरे इस प्रकार कई लोगों का वंश समूल नाश को प्राप्त हुआ और कई डरकर गाँव छोड़ गए। धीरे–धीरे पूरा का पूरा गाँव खाली हो गया। अनेकानेक वर्षो बाद आज उस स्थान पर शक्तिपीठ व मंदिर की स्थापना होकर वह स्थान शांतिपूर्ण एवं सुकूनदायक रूप में परिणीत होना चाहता है। यह विक्रमगिरीजी महाराज के पुण्य प्रताप का ही फल है।

आश्रम का क्या अर्थ है? आश्रम कोई गारे-मिट्टी का बना ढांचा नहीं होता। यहाँ रहने वाले आश्रमवासी, व्यवस्थापक या मूर्ति पूजा करने वाले पुजारी होने से कोई आश्रम का अधिकारी नहीं हो जाता। आश्रम का अर्थ है सद्गुरू के सिद्धांत को निरंतर बनाए रखने हेतु उचित साधकों का निरंतर साधनारत् रहना। इस हेतु विभिन्न स्तरों के साधकों के लिए उचित माहौल बनाकर उनकी सेवा व्यवस्था को बनाकर रखना, आत्ममंथन हेतु साहित्यों का संग्रह करना, सेवा भाव, क्षमा एवं एक-दूसरे को सहारा देकर सत्संग करना, संदेह-शंका-कानाफूसी टीका-टिप्पणी से दूर रहना। सद्गुरू की व्यवस्था व दी गई समझाईश पर सहमत रहना। जो सदैव शंका करता है वह श्रद्धा कैसे कर पायेगा। सद्गुरू पर दबाव रखकर मनचाहे कर्म करवाने की मशां साधक के पतन का कारण बन जाती है। साधक प्रायः बाह्य स्तर पर कर्म करते हैं, बुराई करते शर्माते नहीं, किंतु अच्छा दिखाई देने का प्रयास करते हैं यह उचित नहीं है। आज गुरू भी शौक व दिखावे का साधन हो गया हैं। जैसे घर में विलासिता की वस्तुओं का होना सामान्य

बात है वैसे ही गुरू का होना अहं प्रतिष्ठा का साधन माना जाता है। शिष्य अहंकार में मरे जा रहे है, स्वार्थ के पुजारी हैं। ऐसा करके गर्त में उतर रहे हैं इसका उन्हें भान नहीं है, लक्ष्य निश्चित नहीं है न ही उसके प्रति गंभीर समर्पणात्मक पुरूषार्थ है। साधना, समर्पण हमारा कर्तव्य है और बाकी सब उसी की मर्जी है ऐसा कोई मानने को तैयार नहीं। लाखों व्रत, पूजाएँ, अनेको यात्राएँ कीं, मालाएँ घुमाते रहे लेकिन कुछ भी अंदर नहीं उतरता। मन का मैल धुल नहीं रहा। ऊपरी स्तर से बाना पहन लिया, उजले वस्त्र पहन लिए लेकिन अंतःकरण मैला का मैला ही रहा। भाग्य से कहो या कुछ पूर्वार्जित के कारण कहो, तुम्हें यह सौभाग्य प्राप्त हुआ है। अतः संग करके अपने कर्मो का नाश करते हुए प्रगति के पथ पर आरूढ़ हो जाओ। लेकिन हो यह रहा है कि पूर्वार्जित से प्राप्त आश्रमवास एवं गुरू सान्निध्य अहंकार एवं कर्तापन को पोषित कर रहा है। वैमनस्य चरम पर पहुंचकर आध्यात्मिक गतिविधियाँ बंद हैं। समर्पण, एकाकारिता, क्षमा का नितांत अभाव हो गया है। आखिर पूर्वार्जित संचय कब तक रहेगा? खत्म तो

होगा ही। कुछ तो विचारो! संचय खत्म होने के पूर्व चेत जाओ। परमात्मा की लाज रखकर स्वयं पर दया करो। बीती बिसारकर घोषणा करो "जो करेंगे, जो होगा उसे चेतना हेतु समर्पित कर, समस्त जीवों के कल्याणार्थ स्वयं को स्वाहा कर देंगे"।

गिरी संप्रदाय के अंतर्गत औलियाँ हुए जो क्षितिज से अपना नाता तोड़कर मध्य भारत के एक स्थान पर दृष्टिगोचर होते हैं। एक ही रूह के दो अंश चिंगारी के रूप में चमकते हुए नदी के दो किनारों पर प्रतिस्थापित होकर अपना स्थान आकार ग्रहण कर लेते हैं। यह नर्मदा का तट, जहाँ से नर्मदा अदृश्य से दृश्यमान होकर समस्त जीवों के जीवनदान हेतु निकल पड़ती है। दोनों अंश जो मूलतः एक ही है अपनी-अपनी पहचान बनाने हेतु माधवगिरी और मोहनगिरी उपाधि नाम धारण कर जनकल्याण और स्वयं की चेतना के निहित स्वार्थ हेतु, एक प्रयासपूर्वक माया बनाए रखने का एवं दूसरा चेतना को बचाने का कर्म करते हैं। दूर-दूर तक इनकी प्रख्याति फैलती चली जाती है। अनेक लोग अपनी-अपनी मनोवांछित अभिलाषा पूर्ण करने हेतु इनके दर्शनार्थ आते हैं।

माधवगिरीजी महाराज जो कि माया को बनाए रखने के प्रयासपूर्वक प्रयास में रत् हैं उनके पास लोगों का जमावड़ा होता है जबकि मोहनगिरीजी महाराज जो कि चेतना को बचाने के कर्म में लगे हैं उनके पास कोई भूला-भटका ही पहुँचता है। माधवगिरीजी के पास लोग आते, कहते, “मेरी दुकान नहीं चलती।” वो कहते,

"चल जाएगी"। "कौन है तुम्हारे घर पर?" आगंतुक कहता है, "पत्नी"। वो कहते, "बनी रहेगी"। "और कौन है परिवार में?" आगंतुक कहता, "बच्चे।" वो कहते, "बने रहेंगे"। इसी प्रकार से कोई कुछ तो कोई कुछ कहता। "असाध्य बिमारी है" वो कहते "ठीक हो जाएगी" वास्तव में वैसा ही होता। लोगों का क्या है? जहाँ स्वार्थ सिद्ध हो लोग अपना मतलब हल करने पहुँच ही जाते हैं और जहाँ स्वार्थ सिद्धि का कोई मूल्य नहीं चुकाना पड़ता तो फिर जमावड़ा क्यों नहीं होगा?

दूसरे औलिया भी तो हैं! मोहनगिरीजी महाराज! वहाँ भीड़ क्यों नहीं होती? कैसे हो सकती है? कोई बिरला ही सत्य की खोज करता है। जो मात्र प्रकाशपुंज है उस सत् अस्तित्व का जहाँ से समस्त की उत्पत्ति हुई है, वह अस्तित्व सबका आधार स्वंयस्फूर्त है। उसे पाने की ललक सामान्यजनों में कैसे हो सकती है? ऐसे ही एक आगंतुक आता है। लोगों की सुविधा हेतु बस्ती के बाहर सराय की व्यवस्था है। व्यक्ति आकर रुकता है, रजिस्टर में नाम दर्ज कराकर सराय मालिक की ओर मुखातिब होता है। सराय मालिक पूछता है, "भैया कहाँ से आ रहे हो?" आगंतुक जवाब देता है "बहूत दूर से।" फिर

प्रश्न आता है, "किस प्रयोजन से आये हो?" आगंतुक कहता है, "यहाँ तो एक ही प्रयोजन से लोग आते हैं। यहाँ के औलिया का बहुत नाम सुना है, मिलने की, दर्शन की इच्छा हुई सो चला आया। सुबह जाकर दर्शन करूँगा।"

सुबह हुई। आगंतुक पहले औलिया माधवगिरीजी महाराज के दर्शन हेतु जाता है। वो पत्थर के सिंहासन पर ऐसे विराजमान थे जैसे सोने के सिंहासन पर बैठे हो। किसी ने सच ही कहा है, औलिया बादशाहों के बादशाह, खुदाओं के खुदा होते हैं। आगंतुक झुककर नमस्कार करता है। महाराज पूछते है "कैसे आना हुआ?" आगंतुक विनम्रता से जवाब देता है, "दर्शन करने आया हूँ"। फकीर कहते हैं, हो जाएगा। तुम्हारी तो आढ़तिए की दुकान है न! व्यक्ति आश्चर्यचकित-सा कहता है, हाँ महाराज। फकीर कहते है, "चल जाएगी"। "तीन बच्चे है" "अच्छे पढ़ लिख लेंगे", "पत्नी बनी रहेगी, बिमारी नहीं होगी" "प्रतिष्ठा बनी रहेगी" व्यक्ति नमस्कार कर आज्ञा लेता है और वापस सराय में आ जाता है विश्राम हेतु। सराय मालिक पूछता है, "दर्शन हो गये?" आगंतुक कहता है, "बहुत बड़े फकीर हैं, उन्हें सब पहले से ही पता

है। अब कल दूसरे औलिया के पास जाऊँगा।'' सराय मालिक कहता है, ''चलो आज का खाना मेरी ओर से।'' आगंतुक पूछता है ''किस खुशी में?'' हँसकर सराय मालिक कहता है जो इनके पास जाता है लौटकर कहाँ आता है? आगंतुक समझ नहीं पाता।

दूसरे दिन सुबह दूसरे औलिया के पास जाता है। देखता है दूर एक घना वृक्ष है । नज़दीक जाने से दिखाई देता है घने वृक्ष के कारण सूरज की रोशनी अंदर नहीं आ पा रही, कुछ अंधेरा-सा है। उसी के आस-पास बीस-पच्चीस मिट्टी के दिए जल रहे हैं। व्यक्ति आकर नमस्कार करता है। फकीर पूछते हैं क्या हाल-चाल हैं? धंधा कैसा चल रहा हैं?'' व्यक्ति कहता हैं, ''बहुत अच्छा।'' फकीर कहते हैं, ''बंद हो जाएगा। घर में कौन हैं?'' व्यक्ति कहता है, ''पत्नी है, तीन बच्चे हैं।'' फकीर कहते हैं, ''खत्म हो जायेंगे।'' गाँव में कैसी प्रतिष्ठा है?'' व्यक्ति कहता है ''बहुत अच्छी है। सभी मान-सम्मान-आदर करते हैं।'' फकीर कहते हैं, ''सब मिट्टी में मिल जाएगा।'' व्यक्ति कहता है ''बाबा, अब मैं चलूँ?'' फकीर कहते हैं, ''तुम तो दिया हो कैसे जा सकते हो?'' फकीर के इतना कहते

ही व्यक्ति का देह छूट जाता है। पच्चीस दिये में एक दिया और शामिल हो गया, छब्बीस हो गए। औलिया अपने आप से संवाद करता है– ‘‘एकमात्र प्रकाशपुंज है और कहीं कुछ नहीं है। जो दिखाई देता है, जो सुनाई देता हैं, जो समझ में आता है, जो सूँघा जाता है वो समस्त माया है। जो मेरी शरण में आता है मैं माया से बाहर निकालकर उसे उसके ‘‘स्व’’ स्थान में स्थापित कर देता हूँ।’’ इस प्रकार औलिया मोहनगिरीजी महाराज चेतना को बचाने का प्रयासरहित प्रयास अविरल जारी रखे हुए थे।

प्रायः जनमानस औलिया, फकीर आदि से मिलने या दर्शन हेतु जाते हैं तो चाहते है कि समस्या का निराकरण या धन–मान–प्रतिष्ठा में वृद्धि हो। परंतु औलिया या फकीर तो समस्त अभिलाषाओं का अंत एवं भौतिक सुखों से निजात दिलाने के लिए आते हैं। इनके सान्निध्य से अहंकार का नाश, पूर्ण वैराग्य तथा समर्पण भाव का अहेतुक होना, तत्व ज्ञान की जिज्ञासा का अर्थात् अपने होने के भाव को प्राप्त होना सहज रूप से घटित हो जाता है।

जिस मरने से जग डरे
मेरे मन आनंद ही आनंद।
चमत्कार क्यों दिखाऊँ,
यह तो ईश्वर को चुनौती देना हुआ।।
तुम्हारी हेकड़ी मंजूर नहीं,
गुलामी क्यों करूँ?

एक बात शेष रही,
अहं के मारे तुम,
मैं शीश देने को तत्पर
ले लो।
मेरे मन आनंद ही आनंद।

गिरी संप्रदाय के बाद की अवस्था पुरी संप्रदाय कहलाती है। पुरी संप्रदाय के अंतर्गत जो औलिया पहुँचते हैं उनमें विशेष गुण होंता है कि वे अपने सद्‌गुरू को पूर्णरूप से स्वीकारते हैं।

एक ही सद्‌गुरू के अनेक शिष्य होते हैं जो लौकिक स्तर से एक समान नज़र आते हैं लेकिन वही सच्चा अधिकारी शिष्य होता है जो अपने सद्‌गुरू आत्मीय से समर्पणपूर्वक सूक्ष्म चित्त को एक कर दे। समर्पणपूर्वक पुरूषार्थ करके शिष्य को आत्मीय से आंतरिक घनीभूत संबंध बना लेना चाहिए। आत्मीय से सूक्ष्म संबंध कायम हो जाने पर चिति शक्ति जो अंतर्मन में होती ही है क्रियाशील (जागृत) होती है आंतरिक भ्रमण हेतु प्रस्थान करती है। निःस्वार्थ भाव व सर्वस्व न्योछावर करने की भावना रंग लाती है। सद्‌गुरू (आत्मीय) से लुकाव छिपाव का क्या प्रयोजन? अभेद संबंध यथार्थ ज्ञान को प्राप्त करा देते हैं। क्रियाशक्ति की क्रियाशीलता के अनुभव हेतु ज़रूरी बातें होती हैं मन की एकाग्रता, सामाजिक प्रतिष्ठा

से विराग, यश कीर्ति की उपेक्षा, वासनाओं के प्रति उदासीन भाव, परमात्मा पर आश्रितता, गहन संतोष, समभाव, क्रोध, ईर्ष्या, बदले की भावना का नहीं होना व एकांतप्रियता, श्रद्धा। जब साधक इनमें से एक-एक गुण का अवलंबन कर जाता है तो वो शक्तिपात हेतु तैयार हो रहा होता है। जब शिष्य आभूषण धारण करता है तो सद्गुरु को अति प्रसन्नता होती है और आत्मीय गुरु शक्तिपात (क्रियायोग) द्वारा शिष्य को अंतिम मुकाम तक पहुँचा देता है।

जब राखाल शांता की पुनर्स्थापना के पश्चात् अकेला रह गया तो उसके पास करने के लिए कुछ भी शेष नहीं बचा था क्योंकि भास्करगिरीजी महाराज द्वारा मारकाट पर प्रतिबंध लगा दिया गया था। जब संपूर्ण जीवन कोई एक ही कार्य करता आया हो और उसे उस कार्य के लिए मना कर दिया जाता है तब वह अपने आप को नितांत अकेला समझने लगता है, ज़िंदगी पहाड़ जैसी लगने लगती है। राखाल के जीवन में ऐसा ही कुछ घटा, अब शांता भी नहीं है जिससे उसे अत्यंत लगाव हो गया था। भास्करगिरीजी महाराज द्वारा राखाल को बताया

गया कि उसके "कारण शरीर" के कर्म पूर्ण हो गए हैं अर्थात् सबको समान जीने या प्रगति करने का अधिकार, जगत कल्याण, जीवों पर दया ऐसी व्यवस्था के लिए आततायियों का नाश करना, ये "कारण शरीर" के कर्म पूर्णता को प्राप्त हो चुके हैं। अतः अब राखाल का शेष जीवन पुरी संप्रदाय के अंतर्गत "राखालपुरी" के नाम से हो गया। अर्थात् राखाल अब औलिया की श्रेणी में अपना जीवन बिताने लगे। चूंकि उन्होंने भास्करगिरीजी महाराज को सभी स्तरों से स्वीकार कर लिया था तथा जीवन का कुछ भी "कारण" या लक्ष्य शेष नहीं रहा था इसलिए भास्करगिरीजी द्वारा प्रदत्त संपूर्ण मायावी शक्तियाँ स्वतः ही राखालपुरी में प्रतिस्थापित हो गई। "जब भी कोई साधक सद्गुरू को स्वीकार कर अपने जीवन का उद्देश्य सद्गुरू की इच्छा पूर्ण करने हेतु अर्पण कर देता है, तब उसकी स्वयं की कोई इच्छा शेष नहीं रहती। अतः सद्गुरू की तमाम शक्तियाँ स्वतः ही शिष्य में प्रतिस्थापित हो जाती हैं।"

आत्मा को जागृत करने के लिए जो शक्ति हमें दूसरी आत्मा से मिलती है उसे गुरू कहते हैं और जिसे

वह शक्ति पहुँचाई जाती है उसे शिष्य कहते हैं अर्थात् गुरू (आत्मीय), शिष्य (साधक) सुपात्र होना चाहिए। ग्रहणशीलता सुपात्रता है। असंभव (भवसागर पार कर पाना) को संभव करने वाले गुरू की चेतना की महिमा अनंत है। राखाल वृक्ष के नीचे बैठा गुरू भास्करगिरी के चरणों का ध्यान कर रहा था। ध्यान पश्चात् जब चरणधुलि लेकर माथे पर लगाई तब आश्चर्यकारक घटना घटी। अनुभव किया कि भृकुटी के बीच गोल आकार का प्रकाशपुंज बन गया है। उस प्रकाश को दो भागों में विभक्त होते देखा तो मध्य में भास्करगिरीजी को सिद्धासन में बैठे पाया। निरंतर प्रवाहित ध्वनि से संपूर्ण देह रोमांचित हो गई। राखाल दौड़ा गुरू के पास पहुँचा और विस्तार से यह बताया। गुरू कहते है, "यह आज्ञा-चक्र का जागरण है। जब-जब मन को भृकुटी मे एकाग्र करोगे तो संकल्प के अनुसार तुम्हें स्थान, वस्तु, व्यक्ति के दर्शन होंगे और तदानुसार कार्य करने की प्रेरणा मिलती रहेगी। विपत्ति के समय साथियों का ध्यान रखना संभव होगा। जीवन में तुम ऐसे दोराहे पर खड़े हो जाओगे जहाँ फैसला करना मुश्किल हो जाएगा। ऐसे हालात में तुम सब कुछ वक्त पर छोड़ देना वक्त बड़े-बड़े घाव भर देता है।"

इस प्रकार राखालपुरी को सिद्धियाँ प्राप्त होने से उन्होंने ‘‘परकाया प्रवेश’’ द्वारा चरवाहे के शरीर में प्रवेश कर भास्करगिरी महाराज की अभिलाषा पूर्ण करते हुए ‘‘अनामी’’ एवं इक्कीस दिव्य अंश की उत्पत्ति हेतु अपने आप को पेश किया।

एक सुहानी सुबह। सुरमा नदी का कल-कल बहता जल, जैसे रूह को आल्हादित कर रहा था। भोर की बेला में आसमान की लाली लुभावनी महसूस हो रही थी। ऐसे में बांग्लादेश से असम की ओर प्रस्थान करते हुए एक औलिया नामचीन सुरमा नदी के किनारे-किनारे चले जा रहे थे। असम की सीमा में प्रवेश करते ही वातावरण में परिवर्तन स्पष्ट महसूस होने लगा था। नमी व आर्द्रता के कारण एक अजीब तरह की चिपचिपाहट थी परंतु जैसे ही नामचीन आगे की ओर बढ़ते गए, मिकिर की पहाड़ियों की सुरम्य वादियों में, खुशनुमा वातावरण में कुछ गुनगुनाते हुए फकीराना मस्ती में, एक गाँव की पगडंडी की ओर स्वतः ही मुड़ गए।

नामचीन चले जा रहे थे, अमीरों की बस्ती को छोड़कर गरीबों की बस्ती की ओर। चलते-चलते उनके मुख से सतत् ये उद्‌गार निकल रहे थे "हे नाज़! तुम शाहों की मल्लिका हो! तुम कहाँ हो?" सफर तय करते हुए नामचीन नाज़ का सहारा लेकर उस बस्ती तक पहुँच ही गए। बस्ती से बाहर उन्होंने अपना डेरा जमा लिया। एकाकी, अंतर्मुखी जीवन, सदैव 'स्व' पर नज़र और अकारण समस्त

जीवों के प्रति करूणा का भाव। फकीर थे, आवश्यकताएँ नगण्य थीं। गाँव वालों की सहायता से, एक झोपड़ी का निर्माण करवाया। झोपड़ी को इस प्रकार निर्मित किया गया कि सामने का दरवाजा गाँव की ओर खुलता तथा पीछे का दरवाजा खाई की ओर खुलता।

गाँव वालों को नामचीन औलिया के आने की खबर लगते ही दर्शन करने हेतु तांता लग गया। गाँव वाले आते, दर्शन करते, नामचीन अपनी फटी थैली में हाथ डालकर यथायोग्य फल-फूल दे दिया करते। गाँव वालों को सख्त हिदायत थी कि वे मात्र दोपहर दो बजे से चार बजे तक ही कुटिया में प्रवेश करें। गाँव वाले दर्शन के लिए आते तो चढ़ावे स्वरूप बहुत कुछ देने का प्रयास करते परंतु वे नहीं लेते। जबर्दस्ती करने पर फकीर गालियाँ देने लगते या पत्थर फेंककर मारने लगते। निरंतर सान्निध्य के कारण कुछ लोगों ने नामचीन से घनिष्ठता प्राप्त कर ली। एक दिन एक व्यक्ति पूछता है ''बाबा आप किसी से कुछ लेते नहीं, कुटिया से बाहर निकलते नहीं, सैकड़ों आने वाले लोगों को कैसे प्रसाद बाँट्ते है?'' वे कुछ जवाब नहीं देते, हँसकर टाल देते।

नामचीन के आने के कुछ वर्षो के पश्चात् एक फकीर औरत गाँव की सीमा में प्रविष्ट हुई। गाँव वालों से पूछने लगी नामचीन औलिया क्या इसी गाँव में रहते हैं? लोगों ने बताया कि गाँव के बाहर नामचीन औलिया की कुटिया बनी हुई है। गाँव वालों ने पूछा "तुम कौन हो? इस गाँव की नहीं लगती।" फकीर औरत ने जवाब दिया "सच है, मैं इस गाँव की नहीं, मैं उसी गाँव की हूँ जिस गाँव के नामचीन औलिया है।" गाँव वालों ने उत्सुकता से पूछा, "नामचीन से तुम्हारा क्या रिश्ता है?" उसने जवाब दिया, "वे मेरे सद्गुरू हैं।" गाँव वाले उसे नामचीन की कुटिया तक ले गये। नाज़ को देखते ही नामचीन नाच उठे। कहने लगे, बहुत प्रतीक्षा कराई। मैं वर्षो से तुम्हारा इंतज़ार कर रहा था। अब तुम आ गई हो तो मुझे सुकून पहुँचा है। और कहने लगे,

ऐसा रिश्ता बनाओ
जो लंबा और सुखद हो।
ऐसे एहसासों को जगाओ
जो संस्पर्श अंतस को छूते हों।

प्रथमतः अभावों का अभाव हो
जो बालू से बिखरते हों।
और जो बहुत अपना-सा लगता हो
वो पलकें मेरा बसेरा हों।

व्यवहार सुखद हो सकते हैं
स्थायी नहीं होते हैं।
वैचारिक संबंध नज़दीकी हो सकते हैं
लेकिन अंतस को नहीं छूते।

भावनात्मक विचार सुखद स्थिर हो
जिनकी परिणती आत्मिक हो।
ऐसे एहसासों को दिलाओ
जो संस्पर्श अंतस को छूते हों।

इस पर नाज़ ने अभिव्यक्ति की-

जीवन के आघातों से
मुझे ऊपर उठना है।
कोई कुछ कहे या सब कुछ कहे,
मुझे जंग जीतना है।

कोई कुछ कहता ही इसलिए है
कि मैं लीक से हटकर चल रही हूँ।
जिस राह से आम लोग गुज़रते हैं
कि मैं अपनी राह खुद बना रही हूँ।

फिर नामचीन औलिया गाँव वालों की ओर मुखातिब हुए व बोले नाज़ के लिए मेरी कुटिया के पास ही एक कुटिया बना दो। गाँव वालों ने नामचीन के कहे अनुसार कुटिया का निर्माण करवा दिया। अब नाज़ उस कुटिया में रहने लगी।

नामचीन औलिया ने एक दिन नाज़ से कहा "तुम मेरी आत्मीय शिष्या हो। इतने समय से मैं तुम्हारे ही इंतज़ार में इस शून्य में तुम्हारे नाम द्वारा तुम्हें पुकार रहा था। मैं बहुत प्रसन्न हूँ जो तुम आ गई।" नामचीन नाज़ से कहने लगे, जगत के दो हिस्से किए जाएँ। बंटवारा समान रूप से होना चाहिए, आखिर एक अकेला कब तक संपूर्ण भार संभालेगा?" नाज़ कहती है "जैसी तुम्हारी मर्जी।" नामचीन कहते है, "तो ठीक है, आज से इसी पल से, समस्त मानव जाति को तुम संभालना।

मानव के अलावा इतर योनियों को मैं संभालूँगा।'' तभी से फकीराना अंदाज़ औलिया की लीला कुछ ऐसे रंग लाई कि प्रकृति भी वाह! वाह! कह उठी।

ऐसे नामचीन औलिया जिनको देखने वाले की आँखें एक दीप्तिमान तेज के कारण चौंधियाकर ठहर-सी जाती थी। यह तेजोमय, आकर्षणयुक्त रूह जिसकी ओर सहज रूप से सभी आकर्षित हो उठते थे, इस तेज के मूल में है उनका कठोर ब्रह्मचर्य! ब्रह्मचर्य का अर्थ उनका निरंतर ब्रह्म में विचरण। निरंतर ब्रह्म में विचरण के कारण उनका ब्रह्मचर्य शिखर बिंदु पर होता है। इसी कारण उनके पृष्ठ भाग एवं मूलाधार पर दृष्टिपात होने भर से शक्तिपात की स्थिति निर्मित होती है। मूलाधार के समीप जो ब्रह्मांड कोष विद्यमान रहता है उसमें समस्त लौकिक एवं पारलौकिक जगत को समाहित किया हुआ स्थान परिलक्षित होता रहता है। नाज़ द्वारा उस शक्तिपात को अनुभूत किए जाने के कारण लोग देखते हैं कि नाज़ के पास जो भी इंसान, जिस मंशा से आता उसकी समस्त मनोकामना पूर्ण हो जाती।

अब तो रोज़ एक तरफ तो नाज़ की कुटिया के सामने लगी लंबी कतारें तो दूसरी तरफ नामचीन की कुटिया के सामने लगी सैकड़ों हजारों पशु-पक्षियों की कतारें आश्चर्यचकित करती थीं।

हजारों पशु-पक्षी बड़े ही सौहार्द्रपूर्ण वातावरण में बिना किसी आपसी टकराहट के शांतिपूर्ण तरीके से कतारबद्ध खड़े होते। हाथी, शेर, चीते, भालू, वानर, लोमड़ी, नीलगाय, गधे, सुअर और जाने क्या-क्या! पक्षियों में प्रमुखतः कपोत, कौए, विभिन्न प्रकार की चिड़ियाएँ, उल्लू, चमगादड़ आदि और क्या, चींटी, चींटें, साँप, बिच्छु, मेंढक, इल्ली और बहुत कुछ सभी नामचीन के पैर छूते-चाटते। नामचीन कभी इधर से कभी उधर से, कभी नीचे से कभी ऊपर से, कभी दायें, कभी बायें से, कभी अंदर से कभी बाहर से हाथ डालकर सभी को कुछ न कुछ देते थे। इतने अनेकों प्रकार के जीव लेकिन कोई कोलाहल नहीं, कोई धक्का-मुक्की नहीं। यह काम सबेरे से अभिजात मुहूर्त (दोपहर) तक चलता रहता। नाज़ यथासंभव सभी को संतुष्ट करती।

जब सद्‌गुरू इस स्तर तक पहुँचा होता है तो वो बेहतर जानता है कैसे जनवाया जाए। इस प्रयोजन हेतु

चित्त की सूक्ष्मता, एकाग्रता की गरज होती है। किसी अन्य को अनुभूत कराने के लिए योगी का 'मन' स्वयं के नियंत्रण में होता है। वह जब चाहे, जिस वक्त चाहे किसी के भी 'मन' को नियंत्रित कर उस अनुभव को अनुभूति में बदल सकता है। जिससे एकाकारवृत्ति हो जाने पर योगी जो देखता, सुनता, अनुभूतता है वही यथार्थ दर्शन शिष्य भी कर लेता है। मन-प्राण की पूर्ण एकाकारिता होने पर क्रिया (शक्तिपात) करने और कराने का सामर्थ्य प्राप्त हो जाता है। लेकिन शक्तिपात क्रिया निहित स्वार्थ या अहंकार का कारण नहीं बनना चाहिए जब क्रियाशक्ति व्यापकता के लिए क्रियाशील होती है तो पंचभूत भी अपनी गुण, क्षमता को भूल जाते हैं जैसे अग्नि, जल, धरती अपना-अपना गुणधर्म जलाना, डुबोना, खींचना भूल जाते हैं। ऐसे सिद्ध जो प्रकृति को समझ जाते हैं वे सिद्ध सदैव अभाव में जीना चाहते हैं। दूसरों को बांटते हैं, देते हैं लेकिन स्वयं इस दैवीय संपदा का उपयोग नहीं करते। सिद्ध योगी सदैव अहोभाव को प्राप्त होता रहता है। निर्भय, समस्त संशयों से दूर रहने वाला होता है।

"निरंतर गुरू समागम कर उसकी मंशा को समझ कर तत्काल उस प्रयोजन हेतु बिना संकोच समर्पण

को तत्पर होना यह गुण साधक शिष्य के लिए जरूरी है। बिना क्रिया शक्ति (शक्तिपात) के यथार्थ ज्ञान जो अनुभवजन्य है मिलना कठिन है। गुरूकृपा एकमात्र औषधि है। सर्वस्व, अहंकार, मानी हुई सत्ता त्यागकर ही कुछ पाया जा सकता है।" सामान्यतः जगत प्रत्यक्ष है इस अनुभूति को नकारा नहीं जा सकता जबकि अध्यात्म भावात्मक एवं काल्पनिक अदृश्यमान होते हुए भी यथार्थता को अनुभूत करने का मार्ग है। इसलिए मानी हुई सत्ता का त्याग आवश्यक है। क्रिया योग के चलते हुए साधक का गिरना, फिर संभलना एक प्रक्रिया ही है। अपने पूर्वोचित संस्कार, प्रारब्ध के हाथों खेलते हुए सफर तय करना होता है। जो गिरने से डरता है वो इस मार्ग में चलने योग्य नहीं है। समस्त जीव वासना के बंधन में होते हैं, यह सीधी चढ़ाई है। गिरना संभव है परंतु संसार गिरने वालों को उठता देखना नहीं चाहता। अतः दृढ़ इच्छाशक्ति का सहारा लेकर पूर्ण श्रद्धा से यात्रा करनी पड़ती है।

प्रायः देखा जाता है, सभी को गुरू बनने का शौक होता है। थोड़ी-सी जानकारी और लगे प्रवचन देने। क्रियाशक्ति शक्तिपात विद्या अधिकारी सद्‌गुरू के पास

होती है। कभी-कभी सद्गुरू की बातें बुद्धिजन्य तर्क पर नहीं जँच सकती लेकिन सद्गुरू जो कहता है वो अनुभवजन्य होने से अंतर में क्रिया शुरू हो जाती है और अगर शिष्य जमा रहा तो सद्गुरू जन्म दर जन्म साधक का साथ देते रहते हैं। सामान्यतः सद्गुरू अनंत तक बना रहता है। शक्तिपात क्रिया तब तक क्रियाशील रहती है जब तक चेतना मंजिल तक नहीं पहुँच जाती। मन में क्रोध, अभिमान हो तो यह क्रिया अंतर तक नहीं पैंठती। प्रतिकुल में साथ निभाने का जज़्बा, उदारता, सहिष्णुता, कष्ट सहने की अपार क्षमता, वे गुण हैं जो अतिआवश्यक हैं। सद्गुरू जो निरंतर साधना में रत् होते हैं, उनके पास अनेक सिद्धियाँ होती हैं। इसके उपरांत भी प्रारब्ध पीछा नहीं छोड़ते। बिना भोगे निष्कृति नहीं। इसलिए सही समझ बनाकर अपमान-तिरस्कार, समाज द्वारा दिए निर्णय को स्वीकार कर ही क्रियाशील रह सकते हैं। ऐसे सद्गुरू ही शक्तिपात हेतु अधिकारी होते हैं। ऐसे सद्गुरू व आत्मीय शिष्य का रिश्ता मात्र शारीरिक नहीं बल्कि आत्मिक होने से शाश्वत बना रहता है। यह रिश्ता अद्वैत के अंतर्गत होने से अन्तःकरण से अतिचेतन तक समाया रहता है। अतः स्थूल से सूक्ष्म, सूक्ष्म से कारण, कारण से अकारण तक अबाधित रूप से चलता रहता है।

नामचीन व नाज़ का रिश्ता इसी श्रेणी के अंतर्गत था। रात्रि में नामचीन व नाज़ संग बैठते, बातें करते और एक दूसरे को बाह्य से अंतरंग तक, स्थूल से सूक्ष्म तक, प्राण से निष्प्राण तक, सुख से शांति वारण्य तक, कष्ट से प्रवंचना तक एक दूसरे की अनुभूति को अनुभूत करते हुए समस्त प्रकृति में विचरण को प्राप्त करते रहते। विचरण करते हुए उनकी खोज जारी रहती। वे अपने समान गुणों वाले जो समस्त प्रकृति को संभाल सके ऐसी चेतनाओं को खोजते रहते।

नामचीन कहते हैं "खोज शब्द बड़ा अर्थपूर्ण है। ख+अ+ज, मैं "न+अ+म+च+ई+न" से बाधित उस नाम की खोज में निरंतर डूबा रहता। तुम नाज़, "न+आ+ज" शाह से बाधित उस 'ख' के विन्यास को ढूँढती फिरती हो। हम दोनों मिलकर उस खोज (ख+अ+ज) से तीनों गुणों को प्रतिपादित करता हुआ, निर्गुण से सगुण को नापता हुआ पुंज जिसे प्रकाश का गोला कहा गया है, में समाहित होने हेतु आने वाली नस्ल के लिए मार्ग प्रशस्त करते रहते हैं। इसलिए "हे नाज़! तुम सदैव नामचीन को अपने आप में संजोए रखना।" नाज़ कहती है, "हे बादशाहों के बादशाह! हे शाहों के शाह! मैं

तुम्हारी बादशाहत को सदैव बनाए रखने हेतु शहनाज़ के नाम से उत्पत्ति से प्रलय तक तुम्हारा साथ निभाउँगी।"

गाँव वालों ने देखा अचानक अमावस्या की रात्रि को दो सितारें, दो दिशाओं से समस्त गाँव को आलोकित करते हुए आपस में टकरा गए। एक चकाचौंध! और अनगिनत चिंगारियाँ। फिर घनघोर अमावस्या की रात्रि। बुजुर्ग कहने लगे अवश्य कोई अनहोनी घटने वाली है। लगता है कोई मसीहा रूष्ट होकर विदा हो गया है। आदतन नामचीन के दर्शनाभिलाषा लिए कतार कुटिया के सामने लग जाती है लेकिन अब नामचीन कहाँ? बहुत से किस्मत के मारे दर्शन के अभिलाषी, कुटिया के बाहर प्रतीक्षारत्। लेकिन अब नाज़ कहाँ? आज भी अनेक हिंसक पशु-पक्षी उस स्थान पर आते हैं। उस स्थान की महिमा ऐसी है कि कोई लड़ाई-झगड़ा नहीं करता। सच्चे दिल से की गई प्रार्थना ज़रूर स्वीकार होती है।

कहीं दूर महान भारत देश की पश्चिमी दिशा में जूनागढ़, एक मुस्लिम रियासत। पत्थरों का जमघट ऐसा लगता था जैसे किसी जिस्म पर फोड़ें उग आए हो। जूनागढ़ रियासत एक तरफ गिरी पर्वत श्रृंखलाओं से घिरी हुई, तो दूसरी तरफ सागर का पश्चिमी तट। जिस इलाके की हम बात कर रहे है वह जूनागढ़ रियासत का बाहरी इलाका है। यहाँ सदैव बदबू एवं दम घुटने वाली वायु की बहुलता होने से प्रायः लोग इधर कम ही आया-जाया करते।

सागर तट के किनारे नारियल के पेड़ों की झालरों के मध्य से होता हुआ एक शख़्स बस्ती में प्रवेश करता है। मँझला कद, सामान्य अंगयष्टि, हाथ में एक चिम्टा लिए, काली कफनी पहने हुए वह शख़्स निरंतर 'अनलहक' चिल्लाता हुआ, कभी दाएँ, कभी बाएँ, कभी ऊपर, कभी नीचे गर्दन घुमाता हुआ चला आ रहा था। गर्दन के घूमने के साथ-साथ उसकी बड़ी-बड़ी सूरमा लगी आँखें निर्लिप्तता से इधर-उधर घूम रही थीं। चलते-चलते वह बस्ती के बाजार तक पहुँच गया।

अब भीड़ भरे बाजार से गुज़रे तो दुआ-सलाम तो लाज़मी है और जब कोई फकीर अपने पूरे अंदाज़ में चिम्टा बजाते हुए, अविरल 'अनलहक-अनलहक' दोहराता पाया जाए तो लोगों का पीछे पड़ना तो लाज़मी है। बाजार की भीड़-भाड़ को पीछे छोड़ता हुआ फकीर उस बदबूदार इलाके की ओर चल पड़ा। लोग कहते रहे बाबा दरगाह चलो, बाबा मस्ज़िद चलो परंतु फकीर सुनने को तैयार नहीं। उसने उस बदबूदार स्थान पर जाकर अपना डेरा जमा लिया। लोगों ने देखा कुछ ही दिनों बाद दो औरतें भी वहाँ आकर बस गई। फकीर बाबा ने उनसे निकाह कर लिया। दस साल गुज़र गए। बाबा ने एक फौज बना डाली।

एक दिन अचानक सुनने में आया बाबा कहीं चले गए। बीवीयाँ परेशान-हैरान। आसरा नहीं, खाने को नहीं, छोटे-छोटे बच्चे। बड़ी मुश्किल से गाँव में मजदूरी कर बच्चों को पालने का प्रयास करने लगी। सच ही तो कहा है, जब स्वार्थ सिद्ध हो जाता है तो कोई किसी को नहीं पूछता। बाबा थे तो लोग आते थे, चढ़ावा दे जाते, अब कुछ नहीं। कोई इधर झाँकता तक नहीं। आज एक

माह हो गया। घर में खाने को नहीं, चूल्हा जल नहीं पाया, बच्चे भूख से व्याकुल, अम्मीजान क्या करें? दोनों बीवियाँ जहाँ बाबा बैठते थे उस पत्थर के पास पहुँचकर रोते हुए कहने लगीं या खुदा! कैसी बदनसीबी है। बाबा का नाम लेकर कोसते हुए कहने लगी, ढेर सारे बच्चे पैदा कर लिए और खुद जाने कहाँ चले गए? इतना कहना था कि पास ही की झाड़ियों से निकलकर पता नहीं कैसे अचानक बाबा प्रकट हो गए। पूछते है हमें क्यों कोस रही हो? दोनों बीवियाँ तो हक्का-बक्का रह गई। बच्चे हैरान हो गए। बाबा बड़ी बेगम से कहते है, "बेगम, हमें क्या मालूम था कि खुदा भी आँखे मोड़ लेगा? हम अभी उसकी खबर लेते हैं। एक बच्चे से कागज़ पेंसिल मंगवाई और आसमां की ओर आँखें उठाकर बाबा ने एक ललकार लगाई, "या खुदा! मैं तो कुनबा, बीवी, बच्चे तुझे सौंपकर गया था, अगर तू अपनी ज़िम्मेदारी ठीक से नहीं निभा पाता तो यह रखा कागज़ इस्तीफा लिख दे।"

क्या देखते हैं! एक बादल का टुकड़ा सूरज पर छा जाता है। कुछ अंधियारा-सा होने लगता है। बाबा अपने

कुनबे की ओर मुखातिब होकर बच्चों जैसे खुश होकर कहते हैं, "देखो, एक डाँट लगाई और खुदा को शर्म आ गई, कैसे मुँह छिपा लिया ना!" तभी पीछे से दो-तीन बंदे जाने कहाँ से निकलकर सामने आते हैं और बाबा से कहते हैं, "ये बैलगाड़ीयाँ आई हैं, इसमें अनाज भरा हुआ है, बताइयें कहाँ रखवाना है? बाबा पीछे मुड़कर देखते हैं चार-पाँच बैलगाड़ियाँ अनाज-सामान से भरी दिखाई देती हैं।" बाबा बालवत् होकर बच्चों के समान नाचने लग जाते हैं साथ ही उनके मुख से ये उद्गार निकलते हैं "देखो, कैसे डर गया! इस्तीफा माँग लिया तो कैसे सामान पहुँचा दिया।"

ऐसे थे फकीर बाबा औलिया बहारुद्दीन बाबा के नाम से प्रख्यात। आज भी जूनागढ़ रियासत में उसी स्थान पर बाबा बहारुद्दीन औलिया की दरगाह है। यहाँ सभी की इबादत स्वीकार होती है। हर गरजमंद चाहे वो हिन्दू हो या मुसलमान यहाँ आकर कभी खाली हाथ नहीं लौटता, झोली भरकर ही जाता है।

यह वाक़या है आज के पाकिस्तान और उस समय के अखंड भारत के पंजाब स्थित गुजरात नामक कस्बे का। गुजरात कस्बा जो चिनाब नदी के किनारे बसा हुआ है। जिसके एक ओर शिवालिक श्रेणी के पहाड़ों के आंचल का मैदान है। इसी कस्बे में हरफनमौला फक्कड़ औलिया जो लोहार बाबा के नाम से जाने जाते हैं, रहते थे। दुनियादारी से बहुत दूर, अपने आपं में खोए हुए, अपने जिगर को थामकर आँसुओं से भरी बड़ी-बड़ी आँखों को चहुं दिशा में घुमाते रहते। सदैव कुछ न कुछ बड़बड़ाते रहते। कुछ शब्द स्पष्ट तौर पर सुनाई देते तो कुछ अस्पष्ट बुदबुदाहट बनकर रह जाते।

मैं उड़ता परिंदा,
उड़ता ही रहना चाहता हूँ।
मुझे उड़ने दो,
मेरे पर मत काटो।

मेरा गुज़ारा,
बिना रूह के नहीं हो सकता।
मेरे कष्ट–पीड़ा–क्लेश,
अब प्रवंचना बनता जा रहा है।

मैं तुमसे प्रार्थना करता हूँ
मैं कृतज्ञ भावना से
शून्य भी नहीं हूँ।

मैने उत्कृष्ट,
पीर–फक़ीर–औलिया पैदा किए।
और उनका पथ प्रशस्त करने हेतु
अनेक आसमानी, सुल्तानी,
प्रयास किए।

मुझे मिल जाए तुम्हारा साथ,
मिल जाए तुम्हारी कृपादृष्टि
तो मैं कितनी भी प्रवंचना
झेल सकता हूँ।

जगत उद्धार के लिए
तुम चाहो तो
मुझे बचा सकते हो।
मुझसे घृणा मत करो,
मैं एहसान अदायगी कर सकता हूँ।

इस प्रकार औलिया लोहार बाबा उस नाचीज़ की खोज में भटकते रहते। *"क्या उनकी खोज पूर्ण हो सकेगी? क्या कोई ऐसा बाशिंदा इस जगत में नहीं जो बाबा की आरज़ू मुकम्मल कर सके।"* बाबा बड़बड़ाते रहते हैं लेकिन कोई सुनने वाला, समझने वाला कहाँ है? इस ज़माने की नज़र में ऐसा ख़्याल पागलपन ही है। बाबा कहते हैं–

वो गया करीब से उठकर
वो मेरा साया था।
ओ दिवाने-ए-जोश और
जुनून से भरपूर,
लेकिन बेगाना था।

अक्ल की कमी को तो देखिए
अपने सायें को संभाल ना सका,
वो दुनिया को सँवारने का
सपना देखा करता था।

औलिया अपनी ही धुन में बड़बड़ाते हैं। चिम्टा बजता रहता है।

लो देखो, दस्ती चिट्‌ठी आई है।
दस्ती चिट्‌ठी में
वो स्नेह स्पर्श है,
लोहा पिघलता जाता है।

कैसे इंकार करूँ?
कदम बढ़ते जाते हैं।
चार दिन की ज़िंदगी
कोफ़्त से क्या फायदा?

प्रेम की रोटी खा
और हवा हो जा।
ऐसा शौक न करना।
जगत कौन बना अपना।

कहूँ बात पते की
शून्य से ही निकला
शून्य ही अपना।

बाबा पुटपुटाते–

मैं आलम लौहार
पंजाब गुजरात का वासी
चिम्टा मेरी पहचान है
लय बरकरार कलमासी।

ऐसे दिन गुज़र रहे थे। बाबा को दुनिया चिम्टे वाले लोहार बाबा के नाम से जानने लगी। शेर–ओ–शायरी तथा बात ही बात में उस अंतिम रहस्य को पेश करने

की अदायगी प्रायः लोग समझ नहीं पाते। परंतु जो थोड़ा बहुत भी समझते वे कह उठते "इंशाअल्लाह, वाह क्या बात है!" और सुनाने की गुज़ारिश। बाबा मस्त होकर कहते–

तुम भी वही,
हम भी हैं वही,
अपनी–अपनी किस्मत है।

तुम खेलते खुशियों में,
हम डूब गए आहों में।
लोग कहते हैं इरशाद।

और बाबा ठहाका लगाकर फिर कह उठते–

हम देखेंगे,
ज़रूर देखेंगे।
तुम्हें उखाड़ा जाएगा
और हम मनसद पर बैठेंगे।

दूसरे ही पल बड़ी-बड़ी आँखों में आँसू भरकर निगाहें आसमान की ओर, दोनों हाथ उपर उठते हैं दुआओं के लिए और बाबा चिम्टा बजाते हुए कहते है-

और भी आज
और भी जख़्म हरा हो गया।
आज का मुस्कुराना तेरा,
कल का फ़साना हो गया।

"बाबा की कुटिया में लोगों का आना-जाना लगा ही रहता है। बाबा बड़बड़ाते है-सुख के सब साथी, दुःख में कोई नहीं होता। आपसी रंजिश, क़त्लेआम, रोज़ की टकराहट ज़माने का दस्तूर हो गया है। फकीर औलिया रोते क्यों हैं? इनकी आँखें नम क्यों हैं? भरी-भरी क्यों नज़र आती हैं? इसलिए कि लोगों को कितना भी समझाओं कोई समझने को तैयार नहीं।"

ऐसे ही क़त्लेआम देखकर लोहार बाबा बिलख-बिलखकर रो पड़े। बदले की भावना से चूर जमावड़े को देखकर कह उठते हैं-

यह जो सूरत अलग-अलग है,
एक ही कोख के ज़ाए हैं
खाना-पीना अलग-अलग है,
लेकिन एक ही मुख से खाए हैं।

कोई हिन्दू नहीं,
ना कोई मुसलमान है।
माया से बाहर आ जा प्यारे
मौला-पंडितों के मारे,
तू क्यों भरमाए है।

और फिर चिम्टा तानकर कहते हैं-

बाहर आकर भूल गया कमबख़्त
अपने ही घर को।
मदिरा पीकर मदमस्त पड़ा है
कहे भर-भर के देता जा तश्त।

कोई बैठा पूजत बूत को
कोई हुआ है आग परस्त।
हम तो हुए उस दिलदार के
कहे अनलहक मस्त अलमस्त।

देखो कहीं फूल पड़ा है (फूल–अंगारा)
जल न जाए आशियाना।
इश्क की दो बूँद टपका दे
बच जाएगा तेरा दीवाना।

खुदा से खुद को माँग लिया करते हैं औलिया और जब खुदा गिरा जाता है धरतीं पर तो कह उठते–

आप ही कुछ गिराता रहता है
आप ही कुछ चुनता रहता है,
कहता कुछ आप ही अपना,
आप ही कुछ सुनता रहता है।

ऐ दर्द हमेशा ये दिल दीवाना है
क्या कुछ उधेड़ता रहता
क्या कुछ बुनता रहता है।

और हँसते हुए कहते हैं–

तेरे इश्क ने दिया उजाला
दिखला दिया सत् को है।
बह न जाए आँसू अँखियों से
समन्दर अब परेशां है।

इतनी जल्दी क्या थी?
कुछ तो इंतज़ाम करना था।
क्या होगा कायनात का मेरी,
क्या प्यासे इनको मर जाना था।

ऐसे हरफनमौला लोहार बाबा बहुत लम्बे अर्से तक वक्त के हालात पर आम इंसान के लिए संदेश छोड़ते

रहे। अब यह अलग बात है कि कौन कितना समझ पाया, किसने बात को गहराई से लिया या नहीं ले पाए। बात तो जज़्बात की है, जिसमें वो जज़्बात होंगे वही तो समझ पाएगा ना।

卐

कर्नाटक की पहाड़ियों में एक औलिया ने अपना डेरा डाला था। पहाड़ी के नीचे एक गाँव बसा हुआ था। गाँव के लोग कभी-कभी पहाड़ी पर औलिया के दर्शन हेतु जाते। कभी-कभी कोई अपनी समस्या लेकर जाते। एक बार की बात है गाँव में तीन-चार बरस तक लगातार बारिश नहीं हुई। गाँव में त्राहि-त्राहि मच गई। लोग भूखे मरने लगे, पशु-पक्षी मरने लगे। सब तरफ हाहाकार मच गया। गाँव भर में एक अन्न का दाना भी नहीं था। ऐसी परिस्थिति में ही लोगों को संत, औलिया, परमात्मा की याद आती है। यूँ तो लोग कभी-कभी ही जाते हैं। आज अचानक गाँव वालों को पहाड़ी वाले बाबा की याद आई। वो ही कुछ कर सकेंगे ऐसा सोचकर गाँव के कुछ बुजुर्ग बाबा से मिलने पहाड़ी पर गए।

ऊपर पहुँचकर गाँव वालों ने देखा औलिया बाबा चूल्हें पर टिक्कड़ बना रहे थे। चूल्हा जला हुआ था। लोगों ने औलिया बाबा को नमस्कार किया और अपनी समस्या बताई, "बाबा, आज इतना समय हो गया गाँव वालों के पास अन्न का भंडार खत्म हो चुका है। अनाज का एक दाना भी नहीं बचा। पशु-पक्षी मर रहे हैं। लोगों की स्थिति भी खराब हो रही है। आप कुछ कीजिए।"

औलिया बाबा बोले, "खुदा से मेरा झगड़ा चल रहा है, तुम लोग जाओ।"

कुछ बुजुर्ग लोग जो समझदार थे आपस में चर्चा करने लगे कि क्या किया जाए, फिर से एक बार बाबा से कहते है। सभी ने बाबा से कहा, खुदा आपकी इबादत स्वीकार कर लेगा, आप कुछ तो कीजिए। इस पर बाबा ने लोगों से एक काग़ज़-कलम माँगी। काग़ज़-कलम लेकर बाबा अपनी कुटिया से बाहर आए और आसमां की ओर देखकर बोले "या खुदा! तू अपना काम करना भूल गया क्या? या लिखकर दे दे तू नाकारा हो गया।" बाबा का इतना कहना था कि पास के एक कुएँ से पानी का फ़व्वारा फूट पड़ा और बाबा का जलता चूल्हा बुझ गया। बाबा गाँव वालों से कहने लगे, मैंने कहा था ना, खुदा से मेरा झगड़ा चल रहा है। देखो! उसने मेरा चूल्हा बुझा दिया। वो मुझे खाने नहीं देगा।

उसी समय लोगों को बैलों की घंटियों की आवाज़ सुनाई दी। देखा पहाड़ी के नीचे पगडंडी से बैलगाड़ियाँ चली आ रही थी। बैलगाड़ियों पर अनाज व खाने का सामान लदा था। लोग जल्दी-जल्दी नीचे उतरकर जाने लगे। बाबा उन्हें पुकार रहे थे पर किसी का ध्यान उनकी

तरफ नहीं था। सब नीचे उतरकर अनाज बटोरने में लग गए। बाबा का किसी को ख्याल तक नहीं आया। सत्य तो यह है कि बाबा का चूल्हा बुझा तभी तो पूरे गाँव को अनाज नसीब हुआ, प्यास बुझी। परंतु गाँव वाले यह सब कहाँ समझ पाए? जगत् ऐसा ही होता है। उसे अपने स्वार्थ के अलावा क्या कभी कुछ नज़र आया है? लोगों का स्वार्थ सिद्ध हो गया था, अब बाबा की ओर किसका ध्यान जाता?

दो-तीन दिन बाद की बात है, बाबा पहाड़ी से नीचे उतरे और लोगों से भिक्षा माँगने लगे। लोगों ने उनकी तरफ ध्यान न देकर उन्हें दुत्कार दिया।

यह कैसी विडंबना है, जिसका दिया आप खा रहे हैं, जिसके कारण आज पूरा गाँव अपनी भूख-प्यास मिटाकर जीवन पा रहा हैं ऐसे जीवन देने वाले बाबा को लोग उसी से वंचित कर रहे हैं जो उनका दिया हुआ है। संत-औलिया से ही तो दुनिया चलती है। ''संत-औलिया जब भूखे रहते हैं तो सारी दुनिया को रोटी नसीब होती है।''

वाक़ई कैसा अनोखा औलिया था इसलिए तो कमाल के नाम से जाना जाता था। जहाँ कमाल हो तो हर सुबह-शाम-रात हसीन होना ही चाहिए। हादसे, जज़्बात, रज़ामंदी जैसे संग-संग चलती रहती। कमाल सदैव कहते रहते,

"अल्लाहतआला का तक़ाज़ा है हम सुधार के पहलू पर ज्यादा ध्यान दें, गलतियों को ठीक करते रहे।" नया एहसास सब अवस्थाओं पर काबू पा लेता है। संकल्पशक्ति में वह ताकत है कि कमज़ोर रूह भी ताकतवर बनकर उभर आती है।" कमाल बाबा कहा करते "खुदा का कमाल देखना हो तो सबका शुक्रिया अदा करो। जब मन सध जाता है तभी क्रियाशक्ति क्रियाशील होती है। मन पर इतना नियंत्रण होना चाहिए कि जब जहाँ लगाने की गरज हो तो लगे, जब हटाना पड़े तो सहजता से हट जाए। आंतरिक क्रिया में चंचल मन बाधक है। निर्भय होकर निश्‍चिंत मन से ध्यान घटता है। अनियंत्रित मन उठा-पटक मचाता रहता है। अतः मन को मार डालो।"

कमाल बाबा आगे कहते हैं मन के कुछ "मनके" है सुनो-

हे मन! निंदा कभी न करना,
ना ही सुनना।
हे मन! गंभीरता धारण कर,
बक-बक मत कर।

हे मन! परहित सर्वोपरि,
परपीड़न दुःखदायी।
हे मन! नम्रता को पाकर,
झुकने को तत्पर बन।

हे मन! काहूँ से राग ना कर,
काहूँ से द्वेष ना कर।
हे मन! क्षमादान-महादान,
सदैव कर।

हे मन! सहनशील बनकर,
चित्त संतुलित कर।
हे मन! कर्म का अधिकार तेरा,
फल का नाहीं रे।

कमाल बाबा कहते आज का बंदा मन में ही रमा, ऊँची-ऊँची बातें करे है। समाधि की चर्चा, कुंडली जागरण तथा शक्तिपात के विषय में अनुभव रत्ती मात्र का नहीं फिर भी जानकारी के आधार पर इतना सटीक प्रवचन, चर्चा कर लेते हैं कि अनुभूति को प्राप्त सिद्ध भी आश्चर्य किए बिना नहीं रहते। तृष्णा-इच्छाओं के अंत की बात तो क्या करें, उनका तो अंबार लगा रहता है। अनेक प्रकार की वासनाएँ, डाह, प्रतिस्पर्धा का अंतहीन सिलसिला। सर तो कटाते नहीं, शहीद कहलाने की बात करते हैं।

"योग विद्या अंतहीन, अविरल धारा है। मामला बड़ा नाजुक है। अहंकार का एक कंकड़ गति को रोक देता है। इसलिए बार-बार कहते आए हैं समर्पणात्मक पुरूषार्थ के बिना योग संभव नहीं है। अहं से प्रेरित सत्कर्म भी सहजता से गर्त में डाल देते हैं।" आगे कमाल बाबा कहते है-

दिल ही तो है,
नहीं ईंट पत्थर का।
ख़ुदा देख के
दर्द से भर ना आए क्यों?

रोएँगे हम हज़ार बार
कोई किसे सताए क्यों?
मंदिर नहीं मस्ज़िद नहीं
फिर कोई चौखट क्यों?
बैठे हैं राहगुज़र पर हम
गैर किसे उठाए क्यों?

उगता सूरज, दोपहर का
बदसूरत नज़ारा देखे क्यों?
आप ही से नज़ारा रोशन,
दूनियाँ को हम देखे क्यों?

दूनियाँ एक कैदखाना
गम का आलम क्यों?
मौत के पहले,
गम से निज़ात पाएँ क्यों?

कमाल बाबा ने कमाल की बात कही है, प्रकाश बहुत जगमग है। अमावस्या कितनी भी गहरी हो संयमी के

भीतर का दीया उसके अंतर–बाह्य व्यक्तित्व को प्रकाशित करता है। प्रत्येक मानव में चार अवस्थाएँ होती ही हैं।

(1) जाग्रत (2) स्वप्न (3) सुषुप्ति (4) तुर्या

जाग्रति का अर्थ है जगत् व्यापार। सांसारिक वस्तुओं (पदार्थ) पर ही टिकना। इसमें जीवन संसार से शुरू होकर संसार में ही खत्म हो जाता है। स्वप्न की अवस्था में होता तो संसार ही है लेकिन कल्पना लोक में होता है। अधिकांश लोग इसी में उलझकर रह जाते हैं। तीसरी अवस्था है सुषुप्ति। इसमें व्यक्ति संसार और स्वप्न दोनों से हटकर थोड़ा भीतर उतर जाता है और "स्व" पर टिक जाता है। ये तीनो अवस्थाएँ मनुष्य को डोलाती रहती हैं, स्थिर नहीं होने देतीं। इसी कारण आंतरिक बैचेनी तनाव बना रहता है। चौथी तुर्यावस्था है। स्वप्न से हटे, संसार से कटे और अब अपने–आप में खोए भी नहीं, अपने आप पर ध्यान केन्द्रित हो जाता है।

बाबा कहते हैं जो निरंतर ध्यान तेल या घी की धारा के समान लगाए रहता है, एक क्षण मात्र भी जगत् व्यवहार में लिपायमान नहीं होता ऐसा शाग़िर्द स्थूल को

छोड़कर कारण से समर्पण कर लेता है। अर्थात् अपने होने के कारण को जानकर तद्वत साधना को प्रशस्त कर लेता है। स्थूल शरीर, सूक्ष्म शरीर को भेदकर सिद्धावस्था को पा जाता है। फिर कारण भेदकर आत्मस्थिति को पा लेता है।

यथार्थ में जगत् का निर्माण ही नहीं हुआ। तीन अवस्थाएँ हैं : (1) स्थूल मन (2) सूक्ष्म मन (3) कारण मन। जब मन अपने मूल स्त्रोत में स्थापित हो जाता हैं तब समस्त जगत् तिरोहित हो जाता है। मन जब स्वस्थान को प्राप्त कर सूक्ष्म में परिवर्तित हो जाता है तो स्थूल जगत सूक्ष्म जगत में बदल जाता है। जब सूक्ष्म जगत् मूल स्थान तले को छू लेता है तो "कारण मन" बन जाता है। तब यह तथाकथित जगत, "कारण जगत्" बन जाता है।

पेट जब सिकुड़ जाता है, नाभि से मूलाधार की ओर खींचाता है तो मूलाधार में असहनीय पीड़ा होती है, तब स्थूल मन नीचे उतरकर सूक्ष्म मन में परिवर्तित हो जाता है। अब कहीं भी भौतिक जगत दिखाई नहीं देता। अब कारण का सहारा लेकर सूक्ष्म मन जब चारों

ओर देखता है तो जगत् में कहीं भी ठोसता नजर नहीं आती। यही स्थिति होती है जब ठोस दीवार, दरवाजों से भी आर-पार निकला जा सकता है क्योंकि कहीं भी ठोस जगत् होता ही नहीं।

जब यह भान हो जाए कि मैं स्थूल मन नहीं हूँ और न ही सूक्ष्म मन हूँ तो फिर स्थूल शरीर भी नहीं है और सूक्ष्म शरीर भी नहीं है। ऐसी अवस्था में आग में बैठ जाने पर भी स्थूल शरीर जलता नहीं, न ही स्थूल शरीर को कोई ताप लगता है। यह ठीक उसी प्रकार होगा जैसे मृत्यु उपरांत मृत शरीर को अग्नि में रख देते है, लोग बाहर खड़े हुए देखते हैं, वैसे ही आप अपने शरीर को देखते हो साक्षी होकर, कहीं कोई हलचल नहीं, न ही कोई क्रिया की प्रतिक्रिया होती है। ये यौगिक क्रियाएँ शाग़िर्द को सद्गुरू सान्निध्य में ही होना चाहिए।

इस अवस्था पर पहुँचकर असलियत को जान लिया जाता है कि मैं कौन हूँ? किसलिए हूँ? संसार क्या है? इन प्रश्नों के उत्तर प्राप्त हो जाते हैं। प्रश्नों को हल करने वाला कमाल का होना चाहिए न! कमाल बाबा कहते है "प्रायः शाग़िर्द झूठे वचन झूठी कसमें खाते हैं, कसम अदायगी करते नहीं और दोष दूसरों को देते हैं।"

तुम पर न चढ़े रंग प्यार का
तो बसंत क्या करे?
तुम पैदाईशी अंधे
तो सूरज क्या करे?

मुंह में न टपके एक बूंद अनहद् की
तो शक्तिक्रिया क्या करे?
जो ख़ुदा से की बग़ावत
तो ख़ुदाई क्या करे?

वफा करेंगे, साथ निभायेंगे,
हर बात मानेंगे,
तुम्हें कुछ याद है?
यह वचन किसका था!

रखा न दिल में,
ना ही कमरे में।
दर्द तेरा बेदर्दी से रहा।

कौन रहने वाला

कौन रह गया।

तेरा दर्द बेदर्दी से रह गया।

गुज़र गया वो ज़माना

कहूँ तो किससे कहूँ।

ख़्याल मेरे दिल में, किसका था।

हर एक से कहते रहते हो

बाबा, बेवफा निकला

यह तो पूछे कोई

मैं गुलाम किसका था।

और फिर ज़मीं की तरफ इशारा करके कहते हैं–

ज़मीं दफन ए दोस्त!

तुम्हारा भी कुछ हक है आखिर।

सभी बचाए अपना दामन

सभी का ठिकाना यही आखिर।

रोज़ें के दिन आते हैं। सभी रोज़ा रखते हैं। लोग कमाल बाबा से पूछते है, "बाबा, आपने रोज़ा रखा है क्या?" बाबा कहते हैं, क्या खाक रोज़ा रखे कोई–

यह इश्क भी खुद चंद रोज़ा है
इसको ज़िंदगी कैसे कहे।
क्या मालूम अबके हो न हो
या आइन्दा कभी न हो।

फिर कुछ सकपकाए से इधर–उधर देखकर बोल पड़ते हैं–

मैं क्या कह जाता हूँ अपनी ही धुन में,
कुछ न समझ आए किसी को, खुदा करे कोई,
कुछ चुनिंदा लोगों को खुदा मिलता है विरासत में
एक हम हैं पैदा किए जाते हैं, खुदा कोई।।

फिर अपनी ही मस्ती में मस्त कह उठते हैं–

चेतन नाम प्रकटिया
मिटी धुंध देह की।
जैसे सूरज उगिया
तारे छिपे, उगा उजियारा।

कुछ लोग प्रसादी लेकर बाबा के पास आए, कहने लगे, बाबा प्रसादी पा लो, कुछ जल पी लो। बाबा गुस्से में आँखें तरेर कर कहते हैं–

जीवन यात्रा कर्मवीरों के लिए,
कायरों का क्या काम?

अपनी सहानुभूति और
प्रेम का दान देकर
मेरी आत्मा को दुर्बल मत बनाओ।

कठोर इंकार और

बेरहम आज़ादी में

मुझे अकेला छोड़ दो।

फिर कहते है–

ना हम हिन्दू ना हम मुसलमान।

तो फिर हम कौन, हम तो इंसान।।

मैं जपूँ प्यार इश्क़

सबमें देखूँ समता।

ना करूँ आडम्बर

ना करूँ पाखंड

मैं फक्कड़ औलिया

बहाऊँ इश्कें चश्मा (स्त्रोत)

ज़माने भर का बेशर्म हूँ,

फिर भी शरमा जाता हूँ।

इस इश्क से तौबा मेरी,

तेरी पनाह लेता हूँ।

बाबा कहते हैं–

जाल तू जलाल तू,
कुदरतें कमाल तू,
आई बला को टाल तू।

卐

बांग्लादेश नेपाल से लगा हिस्सा जहाँ हिमालय की पर्वत श्रृंखलाएँ फैली हुई हैं उसी भू-प्रदेश में एक औलिया हुए जिन्होंने एक गुफा को अपना स्थान बनाया हुआ था। समय बड़ा खराब था। चारों ओर अराजकता मची थी। मारकाट तो आम बात हो गई थी। चोर-डाकुओं ने लोगों का जीना दुश्वार कर दिया था। चोर-डाकू गाँवों पर धावा बोलते और गाँव के गाँव लूट ले जाते। सिर्फ इतना ही नहीं, बहन-बेटियों की इज़्ज़त भी खतरे में पड़ गई थी। रोज़ किसी न किसी गाँव की महिलाओं को उठाकर ले जाते।

ऐसे में गाँव के लोगों को गुफा वाले औलिया बाबा की याद आई। सब मिलकर बाबा के पास पहुँचे और गुहार लगाने लगे। बाबा ने कहा- गाँव में शांति चाहते हो, चोर-डाकुओं का प्रवेश निषेध करना चाहते हो तो हो जाएगा। परंतु इसके लिए मुझे कुछ सामग्री एवं साथ ही एक कुँवारी कन्या की ज़रूरत होगी। इस सब की व्यवस्था हो सकती हो तो इस समस्या से छुटकारा मिल सकता है। गाँव वालें औलिया बाबा को भला-बुरा कहकर वापस लौट गए।

वे इस बात को समझ न सके कि परमात्मा वहीं माँगता है जो आपके पास होता है। औलिया ने अपना डेरा उस गाँव से उठा लिया और निकल पड़े नए डेरे की तलाश में।

मैं अपने आपको प्रकट करना
नहीं चाहता,
वरना कौन रोक सकता है
मेरे अस्तित्व को?

मैं अपना औचित्य
सिद्ध नहीं करता,
वरना पूछ कर देखो
अपने अन्तर्मन को।

मैं अपनी श्रेष्ठता का
दांवा नहीं करता,
वरना पौंछ कर देखो
अपने दामन से, अपने जिगर को।

इसके लिए मैं श्रेय देता हूँ
उस क्रियाशक्ति को
कि उसने चुना है मुझे
उस विस्मृत कल उभारने को।

चलते चलते पहुँचे खानदेश। यहीं अपना डेरा डाला। खानदेश की स्थिति भी बहुत खराब थी। लोग हैरान-परेशान थे। कोई मददगार नज़र नहीं आता। रोज़ के अत्याचार सहते-सहते तंग आ चुके थे। किसी ने बताया गाँव में एक औलिया आए हैं। कोई भी उनके पास अपनी समस्या लेकर जाता हैं तुरंत उसका हल निकाल देते हैं। अनेक लोगों को कष्टों से निजात दिला चुके हैं। तब गाँव के बुजुर्गों ने औलिया के पास जाकर अपनी व्यथा सुनाई और जान-माल व बहन-बेटियों की सलामती के लिए उनसे प्रार्थना करने लगे। औलिया ने पहले गाँव में जो सामग्री बुलाई थी वही इनकों भी बता दी साथ ही कुँवारी कन्या लगेगी यह भी बताया।

गाँव वालों ने लौटकर आपस में चर्चा की। उन्होंने सोचा यूँ भी तो चोर-डाकू हमारी बहन-बेटियों को उठाकर

ले गए और आए दिन ले ही जा रहे हैं। तो हमने क्या कर लिया? नेक काम के लिए अमन-चैन के लिए यदि औलिया के पास कुँवारी कन्या भेज दें तो क्या गलत है? इससे हमारे गाँव की सुख-शांति वापस लौटेगी। गाँव के बुज़ुर्ग समझदार थे। उन्होंने गाँव वालों को समझाईश दी। "प्रायः लोग कुछ भी कहते हैं उनका काम यही होता है कि बुद्धि से, कानाफूसी से जो सुना गया, समझ में आया, अनुमान लगाया। औलिया-साधु-संतों पर बिना वजह शक करना, सारहीन बातों को बढ़ा-चढ़ाकर प्रचारित करना ये ही इनका काम होता है। अतः ऐसी बातों पर तथा आस-पास के गाँव वाले क्या कहेंगे इस पर हमें ध्यान न देते हुए गाँव के जान-माल व बहु-बेटियों की इज़्ज़त को बचाने के लिए उचित कदम उठाना ही चाहिए।"

सब मिलकर औलिया की शरण में गए। औलिया ने जैसा कहा था वैसा कर दिखाया। लोगों ने देखा, उस कन्या के भी भाग खुल गए। अब गाँव में अमन-चैन था। मार-काट, अत्याचार बंद हो गए। गाँव फलने-फूलने लगा। सच ही कहा है जब ख़ुदा को एक हाथ से देते हैं तो वो दस-दस हाथों से सबको बाँटता है।

मेरे साथ होना पर्याप्त है,
तुम समग्रता से राज़ी तो हो जाओ।

सीखना सरल, साथ होना मुश्किल है
साथ होने के लिए बहुत निकटता चाहिए।

एक आंतरिकता, एक भरोसा चाहिए
एक श्रद्धा, एक प्रेम, एक पागलपन चाहिए।

किसी को अपने से भी ज़्यादा
निकट मानने की क्षमता चाहिए।

जलते दिए के पास बुझा दिया रख दो,
दिया डरने लगे जलने से तो क्या होगा?
जो डरता है वह बुझा दिया बुझा ही रह जाता है।

एक बहुत ही प्रख्यात औलिया हुए। जिस रियासत में वो रहते थे वहाँ के लोगों को उनके रहस्यात्मक जीवन के प्रति सदैव जिज्ञासा बनी रहती। ये औलिया अत्यंत ही रहस्यात्मक एवं चमत्कारी बाबा के नाम से प्रख्याति को प्राप्त थे। सहज रूप से बात ही बात में वे चमत्कार दिखाने लगते इसलिए लोग उनसे कुछ डरे हुए भी रहते। परंतु उनके बारे में ज्यादा से ज्यादा जानने को उत्सुक रहते। रियासत में उनकी एक बहुत बड़ी हवेली हुआ करती थी। हवेली में प्रवेश करने पर एक बहुत बड़ा दीवानखाना था। दरवाजे व खिड़कियाँ तरन्नुमनुमा, सामान्य से आठ-दस गुना बड़ी। दरवाजे तथा खिड़कियों में पारदर्शी मोटे काँच लगे थे। अंदर प्रवेश करने पर दीवानखाने में बैठकें सजी हुई नज़र आती, बिछायतें बिछी हुई थी। अलग-अलग आकार के, आयताकार, चौकोर बड़े-बड़े गद्दे बिछे थे। गद्दों पर चमकदार ब्रोकेड की गुलाबी रंग की डिजाईनदार चद्दरे बिछी थीं।

औलिया ने दीवानखाने में प्रवेश किया। तेज से चमकता चेहरा, शुभ्र सफेद दाढ़ी, कंधो तक सफेद बाल चाँदी के समान चमक रहे थे। आँखों में वो ज़िंदापन का नूर था। बड़ी-बड़ी गहरी आँखों से जैसे ज़िंदगी बाहर की

ओर बिखरकर सर्वत्र फैलने को तत्पर है। औलिया चलते हुए दीवानखाने के कोने में जो आला बना हुआ था उसके पास जाकर खड़े हो गए। अचानक कुछ बुदबुदाहट व आले में हाथ डालकर जैसे ही हाथ बाहर निकाला कुछ रहस्यमय वस्तुएँ उनके हाथ में नज़र आई। किसी पक्षी या बतख के अंडे के समान चमकदार वस्तुएँ जिन्हें देखते ही औलिया नाच उठे और चिल्लाने लगे मिल गया... मिल गया..। जिसकी तलाश में 'मैं' दर-दर भटका .... वह आज मुझे मिल गया।

वो चमकदार बीजनुमा वस्तुओं में से कुछ उन्होंने मुँह में रखकर चबा डालीं और खा गए और कुछ बचाकर रखी। जो शेष बची वो पंच-प्राणों के प्रतीक स्वरूप अर्थात् सूर्य, चन्द्र, जीवात्मा, जीवगतता व चेतना के रूप में थीं। इन वस्तुओं को विधानसहित कुण्डलिनी आवाह्न कर, काल भैरव को साक्षी रखकर इन पाँच मणियों में समाहित किया। ये शक्तियाँ जो कई सदियों से लुप्तप्राय हो चुकी थी इन्हें पुनः स्थापित किया। इन शक्तियों का उपयोग शब्द मंत्र के रूप में पंचभूतात्मक शरीर का भेदन करने हेतु मंत्र प्रतिस्थापित कर आने वाले पुर्णावतार के समय उसका मार्ग प्रशस्त करने हेतु होगा।

जब औलिया वहाँ से पलटे तो देखा दीवानखाने में दो-तीन लोग आकर बैठे हैं। इसमें से दो लोग तो गांव वाले थे जो औलिया के दर्शन हेतु आए थे। तीसरा व्यक्ति जिसे औलिया 'चाचा' कहकर बुलाते थे, हवेली में छोटी-मोटी सेवा कर दिया करता था। वह कुछ बुज़ुर्ग था। दोनों गाँव वालों के हाथों में कुछ बूटी थी जो वे औलिया को देना चाहते थे। जब औलिया ने नहीं ली तो जबरदस्ती करने लगे। उसमें से एक ढीठ व्यक्ति जबरन औलिया का हाथ पकड़कर उसमें वह बूटी थमाने लगा। ये सब इतनी अचानक एवं तेजी से घटा कि कोई कुछ समझ ही नहीं पाया। चाचा तो देखता ही रह गया और औलिया का गुस्सा सांतवे आसमान पर था। वे क्रोधित होकर डाँटने लगे तो वह व्यक्ति दाँत निकालकर (हँसकर) उन्हें खाने का आग्रह करने लगा। इस पर औलिया कुछ बुदबुदाये और तभी चमत्कार घटा। हाथ में रखी बूटी चिकने व गोल-गोल पत्थरों मे बदल गई और देखते ही देखते औलिया एक के बाद एक पत्थर उस व्यक्ति के सिर पर मारने लगे। पत्थर भी निशाने से कनपटी पर ही लग रहे थे। फिर चिल्लाकर क्रोध में कहा, "आगे ऐसी जुर्रत

की तो याद रखना पाताललोक की गर्त में भेज दूंगा।''

इतना सुनना था कि वो लोग भाग खड़े हुए।

अगर मैं तुम्हारे वांछित तरीके से
तुम्हें प्रेम नहीं कर पाया तो इसका
अर्थ यह नहीं कि मैं तुमसे प्रेम नहीं करता।

प्रेम के इतने रंग हैं, रूप हैं
कि तुम्हारे लिए हर रूप में
मुझे पहचान पाना संभव नहीं।

एक समय की बात है औलिया के समक्ष बहुत से लोग बैठे हैं। अपनी-अपनी समस्याएँ, इच्छाएँ, परेशानियाँ दूर हों, उनसे निज़ात मिलें। पर औलिया तो औलिया ठहरे! भीड़ में से एक व्यक्ति उठकर आता है, पैर छूता हैं। कुछ बोले उसके पहले ही औलिया बोल उठते हैं- ''शीघ्र म्रियस्वः।'' आदमी लगता है समझदार होगा। चेहरे पर असमंजस के भाव हैं। दूसरा व्यक्ति उठकर चरण स्पर्श करता है औलिया कहते हैं, ''चिरंजीव भव।'' व्यक्ति

के चेहरे पर प्रसन्नता के भाव हैं। तीसरा व्यक्ति बढ़कर चरण स्पर्श करता है। औलिया कहते हैं, "जीव या म्रियस्व वा।" व्यक्ति उठकर नमस्कार करता है। औलिया कहते हैं, "जीव, न म्रियस्वा।" यह सुनकर साथ में बैठे औलिया के शिष्य को बड़ा आश्चर्य होता है। शिष्य पूछता है, बाबा ये क्या बोलते जाते हो। पहले व्यक्ति को आशीर्वाद दिया या बद्दुआ दी? दूसरे व्यक्ति को आशीर्वाद दिया या बद्दुआ दी। तीसरे को फटकार लगाई या परेशानी से बचने का तरीका है? या चौथे को बद्दुआ दी? औलिया हँसते हुए कहते है, पहले को मैंने कहा शीघ्र म्रियस्वः अर्थात् जल्दी मृत्यु को प्राप्त हो। ऐसा इसलिए कहा क्योंकि इस व्यक्ति को मृत्यु बिना मुक्ति नहीं मिलेगी। इसलिए ऐसा आशीर्वाद दिया। दूसरे को आशीर्वाद दिया, चिरंजीवी भव। अर्थात् बहुत दिन जियो। ऐसा इसलिए कहा क्योंकि इस व्यक्ति को मृत्यु पश्चात् नर्क जाना पड़ेगा, इसने बहुत गलत काम किए हैं। यह जीता रहे तो ठीक है वरना नर्क है। तीसरे को आशीर्वाद दिया जीव या म्रियस्वः, वा अर्थात् जियो या मरो। यह व्यक्ति सतोगुणी धार्मिक है। जब तक जिएगा धर्म करेगा, मृत्यु पश्चात्

स्वर्ग जाएगा। इसलिए इसका जीना और मरना दोनों अच्छा है। चौथे को कहा, जीव, न म्रियस्वा अर्थात् जीयो, न मरो। ऐसा इसलिए कहा क्योंकि इसके कर्म बुरे हैं। जिएगा तो पाप करेगा, मरेगा तो संताप देगा इसलिए न इसका जीना शुभ है ना मरना।

औलिया हूँ, बद्दुआ नहीं कहता।
वाक़्या ए सच कह जाता हूँ,
कोशिश कभी नहीं करता।

गिरता पाया जाता हूँ, कहता हूँ।
मैं हमदर्द हूँ गिरने वालो का,
उगते सूरज को नहीं नवाज़ा करता।

एड़ी चोटी का जोर, माथे पे पसीना।
पसीना खून बनकर बहता है,
मैं फिर भी मरा नहीं करता।

हमदर्द कहाँ मिलते है प्यारू।
वक़्त पर खिसक जाते हैं
ज़ख्म तो है लेकिन बयाँ नहीं करता।

ओलिया हूँ बद्दुआ नहीं कहता।
वाक़्या ए सच कह जाता हूँ
कोशिश कभी नहीं करता।

वाक़ई में औलिया के वचन बड़े गूढ़, रहस्यात्मक व अबुझ होते हैं। निरंतर संगति और जिज्ञासापूर्ण प्रश्न करने पर इह लोक व परलोक के विषय में जानकर, आचरण करके उस परम अवस्था को पाया जा सकता है।

सर को न झुका
तू मन को भी तो झुका।
समर्पण तभी होगा
तू अहंकार को तो झुका।

मैं इन दीवारों से बातें करता हूँ,
मत छलका तू मन का सागर।
मेरे जीवन में सन्नाटा भर शेष है,
तू आवाज़ मत उठा।

राजस्थान के सुदूर दक्षिण-पश्चिम में एक छोटा गाँव। कहीं बहुत दूर से चलते-चलते एक फकीर औलिया का गाँव में प्रवेश। कंधे पर एक झोला टंगा था। उसके अलावा कुछ नहीं। फक्कड़, मस्तमौला अपनी ही मस्ती में चले जा रहे थे। रेतीला प्रदेश, दूर-दूर, छितरे-छितरे कुछ मकान जो लाल पत्थर से बने थे। लाल पत्थर भी ऐसा जिसमें कहीं जोड़ नजर नहीं आता। बड़ी-बड़ी चट्टाने जिनकी सतह खुरदुरी थी। काफी दूर एक मस्ज़िद नज़र आ रही थी। पास ही में एक मंदिर का गुंबज जिस पर हवा में फहराता ध्वज किसी चैतन्य शक्ति के गाँव में प्रवेश को इंगित करता-सा। मद्धिम-गति से चलते हुए, औलिया के पाँव एक सुनसान मकान के समक्ष ठिठक गए। मकान जिसमें सामान के नाम पर बरामदे में एक आरामकुर्सी के अलावा कुछ नहीं था। उसी मकान में औलिया ने अपना डेरा डाला और आराम कुर्सी पर पीठ टिकाए कुछ देर विश्राम की इच्छा से आँखें मूंद ली। उस समय उनकी छटा, उनकी संपूर्ण भंगिमा में सतोगुण का तेज भासित होने लगा जो धीरे-धीरे बढ़ता ही जा रहा था। उनके चारों ओर सफेद प्रकाश का वलय चमकने लगा। ऐसे में औलिया

अपने स्थूल शरीर से बाहर निकलकर आ गए। सूक्ष्म शरीर द्वारा गाँव का एक चक्कर लगाने निकल पड़े।

घूमते-घूमते देखा, गाँव क्या था! बस, गाँव के नाम पर कुछ मकान थे। गाँव की मुख्य सड़क पर एक हॉलनुमा भवन था जहाँ गाँव घरों के कार्यक्रम होते थे। इसी हॉल में दिन में बच्चों के अध्ययन की व्यवस्था थी। घूमते-घूमते एक मकान के आंगन में निगाह पड़ी। बरबस मुख से शब्द निकल पड़े। अरे! ये लोग यहीं रह गए? खैर, कोई बात नहीं। यहाँ भी आराम से रह सकते हैं। ये शब्द जिनके लिए निकले थे वो था एक मुस्लिम परिवार। जिसकी दो महिलाएँ बाहर आंगन में काम कर रही थीं। एक युवती साँवली-सी, सुंदर अंगयष्टि की जिसका नाम था शहनाज़ एवं दूसरी प्रौढ़ा जिसे वह आपा कहकर बुला रही थी। दोनों ने घेरदार घाघरेनुमा पूरी आस्तीन की लंबी फ्रॉक व नीचे चूड़ीदार पायजामा पहना हुआ था। सिर पर दुपट्टा ओढ़े बेखबर-सी अपने काम में मगन।

आगे बढ़ते हुए औलिया पहुँचे जहाँ एक दो मंजिला लाल पत्थर का मकान जिसकी दीवारें सीधी खड़ी थी और पहली मंजिल के आगे झुकाव लिए हुए

छज्जा निकला था। औलिया उस मकान के ऊपर से अपना रास्ता तय करते हुए उस छज्जे से फिसलने लगे। फिसलते हुए हवा में आ गए तो सूक्ष्म शरीर हवा में उड़कर धीरे-धीरे जमीन पर आ लगा। कुछ ही दूरी पर स्थित मकान में पहुँचकर कुर्सी पर अधलेटे स्थूल शरीर में प्रवेश कर गए। आँखें खोलीं, शांत और प्रसन्न मुद्रा में इधर-उधर कुछ खोजने लगे। हल्की-सी ठंडक का एहसास हो रहा था परंतु ओढ़ने का कोई साज़ो-सामान उपलब्ध नहीं था। औलिया थे, एक झोले से काम चल जाता था।

प्रत्येक देहधारी के दो रूप होते है। 1) भौतिक शरीर 2) सूक्ष्म शरीर। सूक्ष्म शरीर अभौतिक होते हुए भी वस्तुतः भौतिक शरीर का ही स्वरूप है। सूक्ष्म शरीर जब भौतिक शरीर से बाहर निकाला जाता है तो सहज ही भौतिक शरीर को सूक्ष्म शरीर देख लेता है।

जाग्रत अवस्था में भौतिक शरीर एवं सूक्ष्म शरीर में घनीभूतता होती है और एक दूसरे से मिले हुए होते हैं। लेकिन बहुत-सी परिस्थितियों में वे एक-दूसरे

से अलग भी हो जाते हैं। इसके कुछ अभ्यास हैं उस तकनीक को सीखकर, समझकर एवं निहितं जमावट करके सूक्ष्म शरीर द्वारा पारलौकिक यात्रा कर अनेक रहस्य जो प्रकृति में छिपे हैं को जाना, समझा एवं अनुभूत किया जाता है। इस यात्रा में भौतिक शरीर बाधा नहीं होता। हाँ! भौतिक शरीर, सूक्ष्म शरीर को जोड़े रखने हेतु कारण शरीर रूपी धागे से बांधे रखा जाता है। यह यौगिक क्रिया है जो सीखना, समझना पड़ती है। मृत्यु होने पर भौतिक शरीर से सूक्ष्म शरीर का संबंध टूट जाता है। इसलिए सूक्ष्म शरीर स्वच्छंद होकर निकल पड़ता है।

तुम जानते हो जगत् ज+ग+त का आईना है। ज-जीवन, ग-गमन, त-पश्चात् अर्थात् जगत चेतना की जीवंतता, गमनता (प्रवाह) एवं पश्चात् गमन के पश्चात् के मिश्रण का नाम है। आज का दृश्यमान ही जगत् नहीं हैं वरन् दृश्यमान के पश्चात् अदृश्यमान का भी समावेश है। चलते-फिरते शरीर का रूप ही जीवन नहीं वरन् चलते-फिरते शरीर के बिना भी जगत् है। यह दृश्यमान जगत् आठ प्रकार के मिश्रण का परिणाम है। इसी प्रकार, बिना दृश्यमान शरीर के, अदृश्यमान शरीर जीवात्मा पाँच प्रकारों का

मिश्रण है। भौतिक शरीर (दृश्यमान) को मरणोपरांत नष्ट होने वाला शरीर कहते हैं। इस मरणोपरांत शेष (निर्जीव) शरीर को सही सलामत 'कारण' (उद्देश्य) तक ठीक रखा जा सकता है। इसी प्रकार से अदृश्यमान सूक्ष्म शरीर को भी कारण (उद्देश्य) तक सही-सलामत ठीक रखा जा सकता है। जब शक्तिपात द्वारा निहित उद्देश्य को पूर्ण करना होता है तो दोनों को ठीक हालात में रखा जाता है। स्थूल देह एक जगह विशेष इंतज़ामात् एवं योग्य जानकार के अधिकार में रखकर अदृश्यमान सूक्ष्म शरीर से निहित कर्म किए जा सकते हैं या कराए जा सकते हैं। स्थूल शरीर को किसी परिन्दे द्वारा (कारण शरीर द्वारा) हवा-पानी-भोजन चुगाया जाता है। परछाया (परछाई) मानसिक शरीर द्वारा अपना कार्य पूर्ण कर पुनः बार-बार स्थूल को छूता रहता है। पवित्रतम भाव के साथ व्यापकता हेतु कारण को पूर्ण करने के लिए सूक्ष्म शरीर विभिन्न लोकों का भ्रमण कर अपना निहित कर्म करता रहता है। अपने समर्पणयुक्त पुरुषार्थ के बल पर प्राप्त आध्यात्मिक शक्ति का उपयोग करके वह स्थूल को भी लोकों को प्राप्त करा लेता है। आत्मा, जो परिष्कृत जीवात्मा के मिश्रण का सार है, प्रज्ञा को प्राप्त कर उच्चतर जगत् के संचालन-सृजन का कार्य करने में योगदान

करती है। जीवन के प्रति उत्कट भाव अशरीर रूप में देह के बिना स्वर्ग या अन्य लोकों में रह लेता हैं। अंतःकरण अतिपवित्र होने पर देह त्याग पश्चात् भी जीवात्मा नीति-अनीति का बोध होने के कारण ईश्वर से तादात्म कर रह सकता है।

व्यक्ति को किसी शरीर उपरांत के वृहदकार्य में भाग लेना होता है तो उसे अपने जन्म नाम को अतिगुप्त रखना पड़ता है क्योंकि जीव (देह), को जन्म नाम के आधार पर बाधित कर देह उपरांत की यात्रा में अड़चनें पैदाकर भ्रमित किया जा सकता है। जब सविकल्प (अंतिम धारणा) के अनुसार देह त्यागी जाती है तो वह व्यक्ति जीवात्मा अनेक रूपों को प्राप्त कर सकता है जैसे पशु-पक्षी, जल, वायु, पत्थर, तृण, काष्ठादि। सुषुप्ति की गहन अवस्था में सूक्ष्म रूप अच्छे-बुरे रूप धारण कर प्रकट होने की क्षमता को प्राप्त हो सकता है।

अतः सूक्ष्म को स्थूल से परिवर्तित करने या अलग करने के लिए निम्न बातों का ध्यान रखना अति आवश्यक है।

1) समस्त नकारात्मक भाव-विचारों का त्याग।

2) भय एवं बुरे ख्यालों का त्याग।

3) हिचकिचाहट, संशय, संदेह, निराशा, कुंठा का त्याग।

4) घबराहट का त्याग।

5) सर्वस्व अर्पण का भाव।

6) भरोसा, श्रद्धा एवं अष्टपाश तोड़कर पूर्ण स्वीकारोक्ति आत्मीय के प्रति।

इस यौगिक क्रिया हेतु उपरोक्त गुणों का होना ज़रूरी है। क्रिया के अंतर्गत शवासन लगाकर पैरों के अंगूठे पर ध्यान केन्द्रित करना पश्चात् सीधे तरफ से बढ़ते हुए एक-एक अंग पर एकाग्रता कर आगे बढ़ना होता है। इस प्रकार दृष्टांकन एकाग्रतापूर्ण विकसित कर यह भाव बनाना होता है कि स्थूल देह बिस्तर पर पड़ी है तथा सूक्ष्म देह बाहर निकल रही है। आप अपनी देह को देख रहे हो। आपको एहसास होगा कि भौतिक देह से निकलकर आप बाहर विचरण कर रहे हो। स्वयं को आदेशित कर आप अन्यत्र घूम सकेंगे। हवा में तैरेंगे।

प्रश्न यह है कि ऐसा क्यों करें? इसलिए कि सूक्ष्म शरीर, कारण शरीर की यात्रा की चरमसीमा

यह है कि आनंद प्राप्ति हो। इस लोक से परे एक पारलौकिक जगत् है, भौतिक सीमा से परे पारलौकिक मंडल है। इस पारलौकिक मंडल का दर्शन, विचरण एवं संसार के उत्पत्ति, विनाश को समझने का उद्‌देश्य है।

शक्तिपात पश्चात् स्थूल देह से निकलकर विभिन्न लोकों में भ्रमण संभव हो पाता है। इसकी प्रक्रिया विधान है जिसे किया जा सकता है।

जब कोई साधक गहन ध्यान में उतरता है तो उसे मूलाधार में स्थित गहन अंधकाररूपी दो पहाड़ो के बीच स्थित (पुट्ठों के बीच) अंधेरेयुक्त स्थान है, वहाँ प्रवेश करना होता है। पाताल लोक गहन दबाव में और ठोसता में बसा हुआ स्थान। एक पहाड़ी जो काली चट्टानों का जंगल है उसी बीच एक भयानकता को महसूस कराता हुआ बड़ का वृक्ष है। उसका पसारा करीब डेढ़ योजन का तो होना ही चाहिए। घुस गए उस घनघोर वृक्ष की झुरमुट में। यही वट वृक्ष जो अनेक सिराओं को नीचे से ऊपर तक घेरे हुए मूल जड़ मेरूदण्ड के सहारे देह इन्द्रियरूपी शाखाओं को संभालें होता है। जहाँ अनेक बौने चार से छः इंच लंबे, हृष्ट-पुष्ट कद्‌दावर से स्त्री-पुरूषों का जमघट

इधर-उधर विचरण करता दिखाई पड़ता है। प्रत्येक जीव का बाह्य जगत में प्रकटीकरण के पूर्व इसमें निवास अवश्यम्भावी होता है। जीव जो मूलतः बिंदू स्वरूपा होकर बीज रूप में नौ से दस माह तक इसमें विचरण करता है और अपने स्व-संचित कर्मो के अनुसार सौ वर्षो की उर्जा शक्ति लेकर प्रकट होता है।

यह यौगिक क्रिया है जिसके द्वारा हमें अपने कारण शरीर का अवलोकन और भान होता है। इसमें प्रवेश करके बाहर निकलना यह बिना आत्मीय सद्‌गुरु संग्‌ के संभव नहीं है। ध्यानं और यौगिक क्रिया दोनों अलग-अलग हैं ठीक वैसे, जैसे कोई व्यक्ति समुद्र के किनारे बैठकर समुद्र में आने वाले बहावों को जानना चाहता हो। ध्यान गार्ग में भटकाव की गुंजाईश नहीं होती। यौगिक क्रिया दुःस्साहस है और सदैव विपरीत परिणाम ही आयेंगे ऐसा जानकर कूदने का नाम है। यौगिक क्रिया करने वालों का प्रतिशत नगण्य ही है, ध्यानमार्गियों का बहुत ज्यादा।

ऐसी ही एक घटना परिलक्षित होती है। सिद्धासन में घुटनों के बल खड़े हो जाना और धरती से 90^{0} का कोण

बनाते हुए स्थिरता को प्राप्त करना। कुछ ही पलों पश्चात् महसूस होता है समूचा जिस्म दल–दल में उतरता जा रहा हो, महसूस होता है कहीं ठोसता तो कहीं मृदुता। प्रारंभ में ठंडक की अनुभूति और गहराई में गर्मी व श्वास का रुंध जाना। अगर इस प्रक्रिया को जारी रख पाए, दबाव और श्वास रुंधने को सह जाए तो वह अपने केन्द्र में स्थापित हो जाता है। केन्द्र में स्थापित होकर पृथ्वी की संरचना, पशु–पक्षी, जीव–जंतु, कीट–पतंगे, तृण और पदार्थों के संबंध में अनुभूति प्राप्त हो जाती है और मुख्यतः यह भान प्राप्त होता है कि मैं पदार्थ नहीं हूँ। मैं सदैव से पदार्थ से बाहर रहा हूँ। साक्षी भाव साधना का मूल उद्देश्य है। साक्षी भाव बुद्धिजन्य नहीं होता वह आत्मा का प्रकटीकरण हैं।

ये कुछ ऐसी अनूभूतियाँ हैं जो सामान्यतः बुद्धि, इंद्रियों से ग्राह्य नहीं। इन्हीं अनुभूतियों को अनुभूत कर इस क्षेत्र में आने वाली कठिनाईयों और समस्याओं के निराकरण हेतु भरपूर प्रयास किया जाता रहा लेकिन यह तथाकथित समाज वाले लोग नहीं समझ पाते, ना ही यथार्थ दृष्टिकोण से जो सहायता करना चाहिए वो भी नहीं कर पाते क्योंकि

ऐसी सहायता दृश्यमान नहीं होती न ही अहंकार की पुष्टि का कारण बन पाती है। आज के समाज के परिप्रेक्ष्य में आध्यात्म भी अहंकार पुष्टि का साधन मात्र रह गया हैं। मात्र पुरूषार्थ पर्याप्त नहीं होता। समर्पणयुक्त पुरूषार्थ अति आवश्यक है। मात्र पुरूषार्थ से पाया गया फल अहंकार में परिवर्तित हो जाता है।

जीवन बिना शक्तिपात के हो ही नहीं सकता या यूँ कहो जीवन का दूसरा नाम ही शक्तिपात है। शक्तिपात रहस्य सद्गुरू द्वारा उजागर नहीं किया जाता क्योंकि योग्यता प्राप्त शिष्य प्रायः होते ही नहीं। ज्ञानचर्चा सर्वमान्य है। लेकिन शक्तिपात सर्वमान्य नहीं है इसलिए कि इसका उपयोग गलत होने की पूर्ण संभावना बनी हुई है। अतः दृश्यमान में चर्चा एवं उपयोग होने के उपरांत भी अदृश्यमान में इसकी उपयोगिता को नकारा नहीं जा सकता। जो कोई प्रसिद्धि से दूर रह सकता है, इसका उपयोग मात्र चेतना के लिए कर सकता है, जिसमें निहित स्वार्थ की बात ही नहीं आती उसे यह क्रिया योग दिया जाता है।

शक्तिपात के दो मार्ग हैं। एक स्थाई मार्ग दूसरा अस्थाई मार्ग है। स्थाई मार्ग में प्रतिकूल से प्रतिकूल

परिस्थिति होने पर भी साधना एवं साध्य एक बने रहकर क्रिया को क्रियाशील बनाए रखते हैं और योग्य चेतना (शिष्य) खोज कर चेतना के मंतव्य को पूरा किया जाता है। ‘‘प्रलोभन, प्रतिष्ठा, व्यक्तिगत स्वार्थ, ईर्ष्या, बदले की भावना का कोई स्थान नहीं होता।’’ ऐसे औलिया महात्यागी होते हैं। निरंतर क्रियाशक्ति से तादात्म्य बनाए रखकर लौकिकता से दूर रहते हैं। दूसरा मार्ग अस्थाई मार्ग है। जिसमें औलिया शक्ति संपन्न होने के उपरांत भी कोई क्रिया (शक्तिपात) नहीं करते। वे अपना प्रारब्ध कर्म करते हुए चेतना का मार्ग प्रशस्त करने हेतु सुपात्र को अनुग्रहित करते हैं। अस्थाई मार्ग समय-काल-परिस्थिति के अंतर्गत किया गया कर्म है। जो यथासमय विस्तार को पाकर प्रतिष्ठा, आश्रम स्थापना में परिणित होता है। फिर भी उन्नति तथाकथित अस्थाई ही होती है। स्थाई मार्ग में अदृश्य में सब कुछ निरंतर चलता रहता है और चेतना द्वारा धर्मस्थापना एवं आततायियों के प्रभाव खत्म करने हेतु उस विराट की सहायता प्रकट होती रहती है।

‘‘इसीलिए क्रियाशक्ति के प्रति गहन रूचि, आस्था एवं सद्गुरू के प्रति समर्पण का होना आवश्यक है।’’ समय

की धारा विपरीत है। क्रोध, ईर्ष्या, अभिमान चरमसीमा तक बढ़ रहा है। अगर बढ़ रहा है तो खत्म भी होगा।

जब तुम्हारे बीच कोई मौजूद नहीं होता,
तुम्हें अपनी नफरत के लिए
कोई निशाना चाहिए।
तुम संगी से ईर्ष्या करते हो
कि उसे सुकून क्यों है?

यह नफरत ईर्ष्या तुम्हें
दीमक की तरह चट कर रही है।
दृश्यमान में इसका अंत,
नज़र नहीं आता
लेकिन तुम्हारी रूह दफ़न हो रही है।

एक बेवफा से
वफा की उम्मीद है,
एक शोले से
मक्खन की उम्मीद है
एक बूंद ओस से
बाग सींचना
एक मोती से हार बनाना।

भंडारे, घंटे-घड़ियाल, हो-हल्ला, कथाओं का वाचन, दिखावा बढ़ता जाएगा और मूल लुप्त होता जाएगा। प्रवृत्ति अपने शबाब पर होगी, निवृत्ति मात्र शब्द बनकर रह जाएगी। इसीलिए औलिया परंपरा अदृश्य में अपना कार्य करती रहेगी। ''क्रियाशक्ति (शक्तिपात) को गलत लोगों ने, गलत धारणा ने हद से ज्यादा बदनाम किया है।'' सत्य धारणा तो यह है कि शक्तिपात अपने आप में बुरा नहीं होता। हाँ! शक्तिपात का उपयोग गलत हो सकता है। यह तो उपयोग करने वाले पर निर्भर होता है कि इसका उपयोग कैसे करे?

यह बात आज से करीब सैकड़ों वर्षों ईसा पूर्व की है। आज का आसाम और मणिपुर के मध्य में लघु पठार नाम की बस्ती हुआ करती थी। बस्ती में मिश्रित लोग रहा करते थे। इस गाँव में एक उँचे टीले पर माता का मंदिर था। मंदिर की देखरेख की बागडोर एक युवक के हाथ में थी जो करीब छब्बीस-सत्ताईस वर्ष का, जागिरी प्रथा के अनुसार प्राप्त धन का अकेला वारिस, लेकिन कर्मकांड का कठोरता से पालन करता हुआ, बस्ती वालों का प्रिय था। मंदिर के किनारे दोनों छोरों को छुते हुए भिखारियों की लंबी कतारें हुआ करती थीं। आजकल इस कतार में पता नहीं कहाँ से एक आठ साल की लड़की काला फ्रॉक पहने हुए नज़र आने लगी। मंदिर में कोई अधिक लोग नहीं आते, गाँव के ही लोग आते हैं। फिर गाँव के लोगों में वो जज़्बा भी तो होना चाहिए दान-पुण्य का।

देख रहे हैं, इस लड़की के आने के पश्चात् लोगों की तादाद भी बढ़ने लगी है। दूर-दूर से दर्शनार्थी आने लगे। भिखारन के रूप में वह छोटी सी लड़की भीख माँगते हुए ऐसे हाव-भाव बनाती कि बरबस नहीं देने वाला भी जेब में हाथ डालकर दे ही देता। इसलिए इसे

लोग बानो के नाम से जानने लगे। बानों दुआएँ देती, दुआएँ अपना असर ज़रूर दिखातीं। लोग समझते यह माता का चमत्कार है, पर मेरी सत्य धारणा यही है कि माता पत्थर नहीं होती, मूर्ति नहीं होती, वो तो ज़िंदा वजूद होती है। दुआ से क्या नहीं होता? लोग मूढ़ हैं जो मूर्ति की पूजा करते हैं परंतु भगवान मूढ़ नही है। वह लोगों की भावना, जज़्बात और श्रद्धा के कारण मूर्ति में से किसी ज़िंदा वजूद में अपना मुक़ाम बना लेता है, वही बानो है। दुआएँ ज़िंदा वजूद की पलकों के गिरने-उठने से बह निकलती हैं। हाथों के उठने से दुआएँ सिमटकर बाहों में आ जाती हैं।

बानो अब बड़ी होने लगी। मनचले लोग पीछा करने लगे। ऐसे ही मनचलों को देखते हुए पंडित ने बानों के पास आकर कहा, ज़माना बड़ा खराब है, तुम अपने आप को पागल हो गई, ऐसा दिखाया करो। बानों ने पूछा ऐसा क्यों? पंडित ने कहा, ऐसा इसलिए कि ये लोग तुम्हें शांति से रहने नहीं देंगे। जब लोग तुम्हारी ओर आकृष्ट हों तो तुम पागल बन दौड़ जाना। बानो हंसती है और कहती है, हाँ, हाँ मैं पागल हूँ। उसने अपने कपड़े फाड़

लिए और पंडित की ओर दौड़ पड़ी। पंडित चिल्लाया, ऐ पागल लड़की! और अब यही नियम हो गया। बानो को अपनी अवस्था का भान होने के कारण जब वह जान जाती कि कोई आकृष्ट हो रहा है तो चीखने लगती, आपे से बाहर होकर चिल्लाती, नोंचने लगती। लोगों ने उसका पीछा करना बंद कर दिया।

पंडित धर्मनिष्ठ व कर्मनिष्ठ था। वह सच्चा खोजी था। बानो अब पचपन पार हो चुकी थी। गाँव धर्मक्षेत्र बन चुका था। बहुत सी दुकानें खुल गई थीं। लोगों को जीने का साधन मिल गया था। गाँव संपन्न हो गया लेकिन चेतना के चैतन्य को समझने वाला एक भी न बन सका। बानो का पागलपन किसी काम न आ सका। पंडित भी पचहत्तर पार कर चुका था । ऐसी ही एक रात, बानो अपने आप से कहती है, "चेतना संभले नहीं संभलती। चेतना अपनी पूरी तासीर पर है। हे नाथ! अब मैं क्या करूँ?" सत्य आचरण में उतरता है, तो क्रियाशक्ति क्रियाशील होकर बह निकलती है। ऐसे साधकों की खोज करना और क्रियाशक्ति को परमतत्व की ओर मोड़ना यह औलिया का कर्म है।

आज पंडित भी बड़ी उहा-पोह में है। क्या खोया-क्या पाया का गुणा-भाग बनते नहीं बनता।

जाने कितनी यादें हैं
जैसे गन्ने की गाठें हैं
रस होता तो चल भी जाता
लेकिन इन गठानों में रस ही नहीं हैं

असंभव लगता हैं
मूल तक लौटना,
एक-एक गांठ माँगती है
सदियों का हिसाब।

पंडित कहता है, सब कुछ तो है मेरे पास, धन-दौलत, प्रतिष्ठा, आस-पास अच्छे लोग, मैं जो करना चाहता हूँ रोकते नहीं। मैं जैसा कहता हूँ करने को तत्पर। परमात्मा का साथ तो है ही, ज्ञान की भी कमी नहीं, सभी तो मेरे प्रेमी, सभी अपने हैं, यहाँ तो कोई पराया नज़र नहीं आता। मैंने अपना ओज पूर्ण ब्रह्मचर्य के साथ क़ाबू में किया है जिसके तेज से मेरी आत्मा आलोकित

है। फिर भी कहीं अंतस्थ में गहन कमी महसूस होती है। अब मुझे किस बात की कमी है? किस खोज में मैं भटक रहा हूँ समझ नहीं आता? यह सुलझी हुई ज़िंदगी इतनी उलझी हुई क्यों है? सभी पेंच सुलझा लिए फिर भी कौन सा पेंच बाक़ी रह गया?

सुबह के चार बजे पंडित अपने नैमित्तिक कर्म करके मंदिर की ओर कदम बढ़ाता है। अंदर की स्थिति पूर्ववत् है, पैर ज़मीं पर नहीं पड़ रहे हैं। स्वतः से ही बातें करता चला जा रहा है। यह क्या हो रहा है? आत्मा में रहने वाली हज़ारों हज़ारों बिखरी हुई चिंगारियाँ जिसे चाँदनी कहते हैं यकायक ज़मीं पर कैसे उतर आई? यह ठंडी फिज़ा, फुहार कैसे ले आई? यह पतझड़ में सावन कहाँ से आया? सदियों की प्यास कैसे बुझ गई? इसी उधेड़बुन में पंडित के कदम बढ़ते जाते हैं। जज़्बात बह निकलते हैं और एक नज़र बानो पर पड़ती है। बानो की नज़रें पंडित पर ही स्थिर हैं।

जब कोई औलियाँ चेतना की पूर्ति हेतु चित्त द्वारा दृष्टिपात करते हैं तो उनका समस्त मूलाधार में संग्रहित होता है जो पूर्व से ही होता है वह सामने वाले की

नाभि केन्द्र पर आघात करता है जिससे नाभि के नीचे स्थित अपान वायु जो स्वभावगत उदर से बाहर निकलने का प्रयास करती है, वो अपना रास्ता भूलकर मूलाधार स्थित इड़ा-पीड़ा को उद्वेलित करती है जिससे सामने वाले के पूर्व संस्कार हलन-चलन को प्राप्त होते हैं। हलन इड़ा से व चलन पीड़ा से होता है। नियत अंतराल में जब दृष्टिपात अपने प्राप्तव्य को प्राप्त करने हेतु अपनी संग्रहण क्षमतानुसार पूर्ण होता है तो सामने वाले के सुषुम्ना, इड़ा-पीड़ा के हलन-चलन से प्रभावित होकर अपने स्वयं के वज़ूद को पहचानने के लिए क्रियाशील होकर खोज को प्राप्त होती है। दृष्टिपात पश्चात् शब्द का सहारा लेकर और संग्रहित अनादिकाल की स्मृति को जागृत करने के लिए शब्द मंत्र द्वारा नाभि से चार अंगुली ऊपर शब्द का आघात किया जाता है। जिससे नाभि-चक्र गति को प्राप्त होकर मूलाधार स्थित चेतन शक्ति को ऊपर की ओर खींचने का अहेतुक प्रयास करता है। शब्द के बाद पुरूष और प्रकृति के अनादिकाल पूर्वघटित तांडव नृत्य की स्पर्शानुभूति को प्राप्त होता है।

बानो पर नज़र पड़ते ही पंडित ने देखा बानो, बानो न रही, पहले नाज़ फिर शहनाज़ हो गई। एक जलजला बह निकला, एक गिरफ्त हो गई, दो जिस्म एक जान हो गई। पंडित अपना भान खो बैठा। एक प्रहर का समय बीत गया पश्चात् उसे थोड़ा होश आया। परंतु इस होश के तत्काल बाद ही पंडित तूर्यावस्था को प्राप्त हो गया। करीब तीन वर्ष तक पंडित तूर्यावस्था में ही रहा। ज़मीं पर बिखरी चांदनी पतझड़ का वसंत मानो बानो की रूह लेकर आसमां हो गई।

"औलिया, जीव के स्वयं के संग्रहित संस्कारों में शक्तिपात द्वारा उचित परिवर्तन कर परमात्मा की मंशा को पूर्ण करने हेतु समायोजन करता है।" शक्तिपात पश्चात् स्थूल देह, सूक्ष्म देह, कारण देह में समस्त दृश्यमान, अदृश्यमान जगत समाहित हो जाता है फिर साधक के लिए कुछ अप्राप्त नहीं रहता। फिर भी साधक ईश्वरीय कार्य में हस्तक्षेप नहीं करता। अपितु विराट की मंशा हेतु (मंशा जो स्वयं में ही होती है) उसकी स्वनिर्मित अंतरंग भावनाओं के अनुरूप बरतता रहता है। स्वयं अर्जित संस्कार, भाग्य में जब सिद्ध साधक सद्गुरु (औलिया)

को समर्पित होकर नियति के अनुरूप बदलाव या पूर्व नियोजित कर लेता है तो संस्कारों का (जीवगत) नाश हो जाता है फिर भी प्रज्ञा जो क़ाबिज़ होती है अन्त तक स्थूल देह का निर्वाहन तो करना ही पड़ता है।

आज का वही दिन है, तुर्यावस्था जब सुषुप्ति को प्राप्त होती है तब प्रकृति के अनेक रहस्य समस्त गुत्थियाँ, समस्त पेंच सुलझ जाते हैं। ऐसे कि कहीं कोई पेंच था ही नहीं। तब का पंडित बानो की समस्त शक्तियों को धारण किया हुआ, जो अवचेतन के अतिचेतन में अनंत क्षमताओं को छिपाए हुए, आज का ब्रह्मोहम् तीर्थ अपनी ही बनाई हुई सभ्यता (संपदा) को विस्मृत कर कष्ट, पीड़ा, वेदना, प्रवंचना को प्राप्त होकर स्वयं के द्वारा धारण किए हुए ज्ञानगर्भ के उत्पत्ति के कारण हेतु इस प्रसव पीड़ा को भोगने के लिए प्रदत्त हुआ है। जब बानो और पंडित अपने-अपने स्त्रोत में मिल गए जैसा कि होता आया है, जातियाँ अपनी-अपनी धारणानुसार संतो को पहचान देती हैं। पंडित तो बानो द्वारा भान को प्राप्त होकर ब्रह्मोहम् तीर्थ में प्रतिस्थापित हो गया परंतु प्रायः इस मार्ग पर चलने वाले शिष्यों की यह समस्या होती है कि उन्हें अपनी चित्त दशा का भान

नहीं होता। "मनमस्तिष्क, अहंकार से परिपूर्ण होता है, वाणी पर नियंत्रण नहीं होता, कर्ण वहीं सुनते हैं, जिससे अहं की संतुष्टि होती हो। ऐसी दशा में स्वयं का दोष कैसे दिखाई दे सकता है?"

कितना गुस्सा होता है आदमी,
ज़रा अहम् को कंकड़ का लगना,
कि गोली मार देता है आदमी।
कि हर कतरे कतरे अल्फ़ाज,
कि कह दिए थे अपना समझकर,
और बोटी-बोटी कर देता है आदमी।

कि हर कोई समझता है,
वह सच कहता है,
कि हर कोई समझता है,
वह सही कहता है।
और पर-पीड़न को,
सही कहता है आदमी।

यह इसलिए घटता है कि जिन विनाशकारी तत्वों को जन्म जन्मांतर से सहते आए हैं उन्हे अचानक छोड़ने

का प्रयास करने से वो छूटेंगे नहीं। इसलिए कदम दर कदम उचित अनुचित का भेद कर शाश्वत स्वीकार्य सत्ता को ग्रहण करना चाहिए। संयम कर शक्ति जागरण हेतु जो करना पड़े या कराना पड़े वो दृढ़तापूर्वक समर्पणात्मक पुरूषार्थ सद्गुरू के सान्निध्य में करते रहना चाहिए।

प्रारंभिक दशा में मानसिक अवस्था विरोधाभासी रहेगी ही इससे विचलित नहीं होना चाहिए। साधनाकाल में अनेकानेक जन्मों की वासना तरंगायित होकर विचलित करती रहती है। वास्तव में यह अवस्था युद्ध से कम नहीं है। बिना घायल हुए जीता नहीं जा सकता। हार–जीत, बढ़ना रूकना चलता ही रहता है। तड़पना, रोना, बिलखना, नियति बन जाती है। जब सद्गुरू का दृष्टिपात होता है तो अन्तःकरण द्रवित होकर बहने लगता है। इंद्रिय जिस नियत कर्म के लिए होती हैं वे नियति भूलकर विपरितता को स्वीकार कर बह निकलती हैं। जैसे नियत गुण के अंतर्गत अश्रु आँखों से निकलते हैं। लेकिन शक्तिपात की दशा में अश्रु आँखों के अलावा नाक, कान आदि से भी निकल पड़ते हैं। मात्र इन्हीं से नहीं, साधक की निर्मलता पर अश्रु वक्ष से भी निकलते हैं। अचानक नाभि के नीचे स्थित इंद्रिय भी तरलता को ग्रहण कर

लेती हैं। मूलाधार से सुगंध फैलने लगती हैं। मस्तिष्क में ध्वनि तरंगों के रूप में बहने लगती हैं। शरीर वीणा का रूप धरकर ध्वनित (कंपकंपी) को प्राप्त होता है। यह सब अंतर्निहित शक्ति के क्रियाशील होने का परिणाम है। जो साधारणतः सत्संग सुनने तक ही सीमित रह जाते हैं वो मात्र दीवार पर पत्थर फेंकने के समान है। सत्संग का अर्थ है तत्व ज्ञान का संग होना, हृदय को छू लेना।

शक्तिपात पश्चात् साधक सिद्ध की श्रेणी में शनैः शनैः प्रवेश करता है। जगत मिथ्या का अर्थ समझकर अस्तित्व के प्रति जागरूक होकर जान लेता है एक ऐसी भी अवस्था है जो अस्तित्वहीन है। अस्तित्वहीन जगत में पदार्पण पश्चात् ही परमतत्व परमात्मा को अनुभूत किया जा सकता है। अनुभूतिविहीन वार्तालाप (सत्संग) मात्र वाचा का प्रलाप ही है। इस अस्तित्वहीन पद को पाने के लिए यह दृश्यमान जगत (शरीर–इंद्रिय–जीव–अहंकार) साधन स्वरूप है। इनके बिना परमतत्व को अनुभूत नहीं किया जा सकता। वैसे यह मार्ग मात्र उन साधकों के लिए है जो अपना सर्वस्व न्योछावर कर सद्गुरू की अस्तित्वगत व अस्तित्वहीन अभिलाषाओं को पूर्ण करने में सहायक होते हैं।

चेतना की (आत्मा की) बाध्यता है कि बिना शरीर के क्रियाशक्ति अपनी अनुभूति को (होने के भाव को) अनुभूत नहीं कर पाती। अतः जब तक देह स्वस्थ है मन स्वरूप है तब तक चेतना की क्रियाशीलता को समझकर अनुभूत कर लेना चाहिए। यही मानव जीवन की सार्थक़ता है। इसलिए तथाकथित सर्वस्व सौंप देना (स्वाहा करना) चाहिए। सर्वस्व तभी अर्पण हो सकता है जब व्यक्तिगत धर्म, कर्तव्य का पूर्ण अंत होगा। सिद्धांत तो यही कहते हैं कि संस्कार, प्रारब्ध का नाश, जगत माया व नश्वरता की समझ एवं परमात्मा के मिलन की उत्कट इच्छा यह गुण हैं जिससे साधक की क्रियाशक्ति क्रियाशील होकर अपने अस्तित्व का पता पा जाती है।

कलयुग में यह देखा जा रहा है कि शिष्य (साधक) गुरू (आत्मीय) को नियंत्रण में रखना चाहते हैं और रखने का प्रयास भी कर रहे हैं। जबकि ऐसा होना चाहिए कि गुरू के नियंत्रण में शिष्य रहे। सद्गुरू, शिष्यों के ऐसे व्यवहार के बावजूद प्रतिरोध नहीं करते क्योंकि अभी युग की ऐसी ही व्यवस्था है। औलिया (सद्गुरू) स्वयंसिद्ध होते हैं इसलिए कोई कितना भी तिरस्कार करे, अपमान करे, लांछन लगाए, व्यक्तिगत स्वार्थ के लिए प्रताड़ित करे,

खत्म करने का प्रयास करे, चाहे पूजा करे, आदर करे, सम्मान करे, उनके चित्त पर कोई प्रभाव नहीं पड़ता। इसलिए उनका कोई शत्रु या मित्र नहीं होता इसलिए प्रतिकार करने का कोई प्रश्न भी नहीं होता। औलिया कहते हैं हम तो सामान्य से भी सामान्य हैं। हम कर ही क्या सकते हैं? हम तो तुम्हारे आसरे दिन काट रहे हैं। तुम्हारा दिया खा रहे हैं। चित्त पर प्रभाव नहीं पड़ने का यह अर्थ नहीं कि उन्हें कष्ट, पीड़ा, क्लेश, प्रवंचना नहीं होती। औलिया बिना झोली के कुत्ते होते हैं जो चेतना के प्रति सदैव वफादार होते हैं।

मैं कल का पंडित और आज का ब्रह्मोहम् तीर्थ, बानो द्वारा प्रतिस्थापित व्यवस्था, योजना और अंतस्थ में स्थित वंशानुगत संस्कार की भागमभाग को समझने का प्रयास करता हूँ। मुझे समझ में आ रहा है बानो आसमाँ हो गई लेकिन आसमाँ कोई घर तो नहीं है कि थोड़े से प्रयास में खोज लूँ। बानो की साँसों को कंठ में उतारता हुआ हृदय में प्राणवायु को समेट कर ध्यान और समान को समान रूप से उद्वेलित कर आसमां में जाने से पूर्व बानो द्वारा छोड़ी गई मूलाधार शक्ति को जिसे चिति शक्ति कहा गया है, नाभि में बलपूर्वक

स्थापित कर लेता हूँ। अब मुझे चिदाकाश में बानो का मंडराता हुआ रूह का जज़्बा दिखाई देता है। रूह बनती कैसे है? जब भी कोई महान योगी अपने निमित्त को पूर्ण करने में असफलता पाता है तो अपने निमित्त को किसी में प्रतिस्थापित कर अपने सबब को जिसे "शेष" के नाम से जाना गया, योगमाया द्वारा अपने केन्द्र के आसपास स्वयंस्फूर्त आत्मशक्ति से क्रियाशीलता को बरकरार रखता है जो कि अंतिम संग्रहित शक्ति, देह छोड़ते वक्त जिसे हम लास्ट मेमोरी या अंतिम संकल्प शक्ति के नाम से जानते हैं, अपने सबब को ढूँढने हेतु आसमाँ में विचरण करती रहती है। मैं उस पाक रूह को नवाज़ लेता हूँ। चिदाकाश जो घटाकाश का वृहद् रूप है, चिदाकाश महद्‌ाकाश में सबब रूप में विचरते हुए उस रूह का पीछा कर रहा हूँ। अरे! यह तो शांता है। यह रूह शांता के "शेष" निमित्त में जाकर समाहित हो जाती है। मैं अपने आप से प्रश्न करता हूँ। शांता जो भास्करगिरी द्वारा प्रतिस्थापित व संरक्षित थी वो बानो क्यों बनी? फिर शाह और नाज़ क्यों बनी? रहस्य उलझता जाता है। कड़ी से कड़ी नहीं मिल पाती। इसी खोज हेतु मैं प्रकृति से प्रकृति का आवरण हटाता हूँ और अपने पुरुष होने

के भान को प्राप्त होकर हरकत के लिए बाध्य हो जाता हूँ। दो जो जलजले हैं फूट पड़ते हैं। उनका समायोजन, विभाजन कर पता लगाऊँगा कि आखिर एक ही शांता अनेक जगह अपने स्वयं के अस्तित्व को बरकरार रखते हुए कैसे विभिन्न देह धारण कर मेरा मार्ग प्रशस्त करती है? कल के पंडित और आज के ब्रह्मोहम् तीर्थ इन दो छोरों को जो एक ही चेतना के दो किनारे हैं, छू पाने की क्षमता हासिल होने के कारण तीर्थ ब्रह्मोहम् तीर्थ के नाम से सदियो पुराना 'अनामी' नाम को प्राप्त कर लेता है। ब्रह्मोहम् तीर्थ की योजना, वंशानुगत संस्कार की व्यवस्था को पुनर्नियोजित करने वाला कौन हो सकता है? किसने मुझे उस माया के जलजले से निकालकर इस उँचाई का भान कराया? वो कौन है? मैं अपने "कारण" की ओर प्रस्थान कर रहा हूँ। प्रस्थान करने से पूर्व अपने आप में निश्चित कर लेता हूँ कि मैं पंडित हूँ, यहाँ से कारण की खोज शुरू होती है।

कारण को खोजने के लिए निहायत ज़रूरी है, स्थूल मन अर्थात् स्थूल जगत को अपनी भृकुटि में केन्द्रित किया जाए। तत्पश्चात् संपूर्ण भावों को एक लक्ष्य पर केन्द्रित कर स्थूल मन को सूक्ष्म मन मे बदलने के लिए योगाग्नि से

प्राणों को संतृप्त कर रहा हूँ। अपने कारण की शक्ति को अर्थात् ''होने के भाव'' को संग्रहित कर स्थूल मन को भृकुटि से खींचकर कंठ में खींच लेता हूँ। प्राणों के जागृत होने से सैकड़ों सूरज के फटने जैसी गर्मी का भान होता हैं। जिसे मैं प्राणों की आहुति देकर अर्थात् सूक्ष्म जगत को कंठ से गटककर हृदय में प्रयासरहित प्रयास करते हुए स्थापित कर लेता हूँ। हृदयगामी शक्ति जिसे चितिशक्ति के नाम से भी जाना जाता है या हृदयचक्र में स्थित चैतन्य शक्ति से प्रार्थनापूर्वक निवेदन कर उसके चरणों में स्थूल व सूक्ष्म भाव अर्पण कर देता हूँ। आज्ञा चक्र से आज्ञा लेकर हृदय स्थित जगतमाता का आशीर्वाद और एक छलांग नाभि की ओर, फिर एक छपाक की आवाज़ ब्रह्मा की शरण! अब ''मै'' निकला खोज पर।

''मैं'' आज का पंडित, बीते समय का मोहितगिरी जिनके चेतना के विलास के प्रस्फूटीकरण से छितरा हुआ दिव्य कण जो अनेक रूपों में अनेक स्थानों पर अपने निहित स्वार्थ की पूर्ति के लिए चेतनाओं को संग्रहित करता रहता हूँ। इसके पूर्व ''मै'' ''अनामी'' शांता और राखालपुरी का बीज और कारणरूपा भी हूँ। अपने निहित सिद्धांतों का प्रतिपालन, रक्षण और सृजन के हेतु राखाल

भी हूँ। जिसने शांता के सत्व को संभालते हुए अंत समय भास्करगिरी की शरण ली वो "मैं" ही हूँ।

मैं चक्कर खाने वाला और अश्विन के सूक्ष्म श्वेत कणों से उद्वेलित होने वाला नवीनीकृत शरीर के अंदर मोहितगिरी हूँ जिसने "अनामी" के जन्म हेतु इसी प्रकृति से ईश्वरीय आगमन के हेतु मार्ग प्रशस्त करने के ख़्याल से, जहाँ से भी संभव है परिष्कृत चेतना को इकट्ठा करके साधन रूप में अनेक जीवों को माध्यम बनाया जैसे अश्विन, राखाल, चरवाहा, सर्प, मोहितगिरी आदि।

भास्करगिरी कहते है, "राखाल"! मोहितगिरीजी महाराज जो मोहिनी विद्या के स्वामी है, ने अपनी दिव्य शक्ति द्वारा यह जान लिया है कि अब शांता के प्रति कर्म करने के लिए, जो नहीं करने पर भविष्य में निहित प्रयोजन में बाधा बन सकते थे, उनको पूर्ण करने के लिए यही सही समय है। तब उन्होंने तुम्हारें अंदर चक्रवात (जब तुम चक्कर खा रहे थे) के समय प्रवेश किया। पूर्व में जब तुमने शांता के नहीं रहने पर देह त्याग किया था तभी उन्होंने तुम्हारे जीवाश्म (जन्म हेतु संस्कारजन्य जीन्स) उत्पत्ति संबंधी साहित्य (सामग्री) को अपने आप में, चेतना

में, समाहित कर लिया था, और वह शक्तिपात के दौरान डाल दिए। शांता से जो "अनामी" प्राप्त होगा उसमें जीवाश्म का समायोजन किया जाएगा। यह अश्विन वायुतत्व, राखाल कायारूप, चरवाहा स्थानांतरण, सर्प मृत्युरूप, मोहितगिरी योगमाया और मैं भास्करगिरी पूर्ण तत्व चैतन्यता के स्वरूप में "अनामी" जो कल्प अंत में ईश्वरावतार अवतरण के हेतु कड़ी बनने का निमित्त बनेंगे।

आज का ब्रह्मोहम् तीर्थ "मैं" बहुत ही लंबी यात्रा कर एक साधारण मानव से असाधारण कौशल द्वारा भास्करगिरी महाराज की पुनर्नियोजन व पुनर्व्यवस्था को प्राप्त कर कृपा प्रसाद संभालने का प्रयास कर रहा हूँ।

इसलिए आज भी मुझे याद है गुरूवर्य श्री भास्करगिरीजी महाराज द्वारा ये कौल लिया गया था कि यह मारकाट चाहे वो सत्य के लिए ही क्यों न हो, नहीं करना है। इसका पालन इस पल तक मैंने बखूबी निभाया है और आज के लोग इसका नाजायज़ फायदा उठाकर स्वयं को कृतकृत्य समझ रहे हैं।

सत्य परेशान हो सकता है पराजित नहीं।
प्रयास असफल हो सकते हैं सत्य नहीं।
परेशानी सत्य से नहीं अनाचरण से है।
सत्य शक्ति है शक्तिमान परेशान कैसे?

संघर्ष जीवन है, जीवन संघर्ष है।
संघर्ष संकट तनाव मजबूरी नहीं।
समाधान संघर्ष विहिन नहीं होता
गहरे में संघर्ष भीतर शांति है।

दुःख, कष्ट, मनःस्ताप, प्रवंचना
कुंती, द्रोपदी, ध्रुव, प्रहलाद, कौशल्या,
भरत, दशरथ, वसुदेव, यशोदा
निकटतम ईश्वर को प्रिय।
डटे रहो सफलता सुनिश्चित है।

अरे! ये कैसा घटाटोप अंधकार! इस अंधकार में स्मृति जो जागृत हुई थी विलोप को प्राप्त हो रही है। इसका क्या अर्थ हो सकता है? कहीं कठिन परीक्षा की

घड़ियाँ तो नहीं आ रही? तीर्थ का अर्थ यही है कि अनेक पापियों और कदाचारियों को सहन करना लेकिन अपनी शक्तियों का उपयोग नहीं करना चाहिए। जब यह निश्चित हो गया कि मैंने समस्त ज्ञान जो ज़रूरी है पा लिया है, तो हे पंडित! तुम्हें अपना शरीर जो वृद्धावस्था को प्राप्त हो चुका है, छोड़ देना चाहिए। बस संकल्प ही तो है। नई उमंग, नए सपने और गुरूजनों द्वारा की गई अथक मेहनत रंग लाना चाहती है। संतो ने सच ही कहा है, परमात्मा अगर परीक्षा लेता है तो सिखाता भी वही है ना! "मैं" अपने सबब "राखाल-शांता" को नमन कर अपना सर्वस्व गुरूचरणों में अर्पण करता हुआ इस नश्वर देह का त्याग करता हूँ।

आज का "मैं" ब्रह्मोहम् पुरानी समस्त यादों को अपने आप में संजोए हुए अपने उम्र के सत्रह बसंत पार कर चुका हूँ। गिरी कंदराओं में घूमना, वनस्पतियों से बातें करना यह मेरा शौक है। वृक्षों की हर हरकत को समझकर अनकही बातों को भावनाओं को प्राप्त कर अमल करना, यह पागलपन की हद तक हो चुका है। परमात्मा ने चौरासी लाख योनियाँ बनाई। इन योनियों के अपने-अपने गुण और जीवगतता की ख़ूबियों को अनुभूत करना एक नैमित्तिक कर्म हो गया। एक शरीर से दूसरे शरीर में प्रवेश कर उसके जज़्बात को समझकर अपने भाग्य को एक क्रमानुसार रखना ताकि यही अंश जिसे अपनी भाषा में साईंस कहते हैं, बनाना और इस विज्ञान का उपयोग व्यापकता में करने के साथ-साथ इस लुप्तप्राय विद्या को स्थापित करना यही एक जज़्बा शेष रह गया। ऐसे ही कश्मीर की वादियों में घूमते हुए तीर्थ नाम धारण करते हुए जब अविरल खोज करते हुए भ्रमण को प्राप्त होता रहता हूँ तब गुंजन दर गुंजन, महक दर महक, मद्धम-मद्धम बहने वाली अनहत् ध्वनि को समझकर समस्त वादी में पसर जाता हूँ और एक ख़्याल, यह सदियों पुराने पीछे छूटे हुए विज्ञान को पकड़ने का सफल प्रयास और मेरे समक्ष

एक नवयौवना करीब-करीब वस्त्रहीन लंबे बाल, शीश से नख पर्यंत अपने स्त्री समुदाय को ढाँकने का असफल प्रयास करते हुए बालों का सहारा लिए होती है। अचानक सामने आने से मैं चौंक जाता हूँ। बरबस ही मुख से निकल जाता है अरे ललिता! तुम यहाँ क्या कर रही हो? ललिता बरबस कहती है और क्या करूँगी? तुम्हारा पीछा ही तो करना शेष रह गया है! तुम तुम्हारे उद्देश्य के पीछे इधर-उधर स्थान परिवर्तन करते रहते हो और मैं तुम्हारे पीछे अपनी समाहित शक्तियों को तुम्हारे सहायतार्थ देय होने के कारण प्रदान करने हेतु तुम्हारा पीछा करती रहती हूँ। ललिता कहती है, ''तुम्हें मालूम है कि आज चौदहवीं शताब्दी पूर्ण होने को है और तुम्हें प्राप्त करने के लिए अनेक योनियों में अपनी धारण क्षमता को संग्रहित कर जीव धारण करना पड़ता है। मैं पूछता हूँ, ''तुम क्या बोले जा रही हो? कुछ समझ नहीं आता लेकिन अन्तःकरण कहता है कि तुम कह रही हो वो भले ही बुद्धि से ग्राह्य नहीं हैं फिर भी सच लगता है।'' ललिता कहती है ''रुको, रुको, प्रार्थना की मुद्रा में अपने हाथ बनाकर अंजली बना लो मैं चेतन रूप में तुम्हारी अंजली में स्थापित होती हूँ। तुम मुझे गटक लेना और इससे ही

आगे तुम्हारा नाम ब्रह्मोहम् तीर्थ करपात्री होगा। मैंने वैसा ही किया। और मैं देख रहा हूँ नाभिकमल जो गहरे गुलाबी रंग का है और एक सौ आठ पंखुड़ियों को लिए हुए है अथाह जलराशि पर लहराता है।

बानो के शरीर त्याग पश्चात् आज के ब्रह्मोहम् तीर्थ करपात्री में 1411 वर्षों का अंतराल है। आज पहली बार यह समझ में आता है, चेतना शक्ति जिसे चितिशक्ति के नाम से कहा गया है और इसे सामाजिक भाषा में प्रेम के नाम से जाना जाता है वो चेतना, चितिशक्ति, या प्रेम महज देहगत् नहीं अपितु चेतनागत होता है। साधना, तप, प्रेम अविरल धारा है। इसमें जो जितना डूबता जाता है उतना ही ध्यानमग्न हो जाता है। प्रेम-ध्यान एक सिक्के के दो पहलू हैं। परिणाम है ताप। ध्यानाग्नि और प्रेमाग्नि जागतिक संस्कारों को जला देती हैं। यह एक ऐसी प्रचण्ड धारा है जिसमें सब कुछ बह जाता है। मन में संसार को लेकर इस दिशा में बढ़ना असंभव है। संसार एवं स्वप्न संसार विषयक लालसा, लुभावने आकर्षण लेकर इस राह में नहीं चला जा सकता।

संसार और साधना एक साथ नहीं बन सकते। जिसे संसार प्रिय है वह यही रहे लेकिन संसार को बचाए रखकर अध्यात्म की ओर सफर करने पर हताशा ही हाथ आएगी। हताश-निराश लोग अध्यात्म तपस्या आदि के बारे में बेतुकी बातें करते पाए जाते हैं। चुनाव के लिए आप स्वतंत्र है। आपमें असीम क्षमता है। कोई बाध्य नहीं कर सकता लेकिन यह बात समझ में आए तो ही बात बने, नहीं बनती इसलिए भ्रम पैदा होता है। भ्रमित मन कहीं नहीं ठहर पाता और साधना, प्रेम के लिए तो स्थिर दृढ़ मन की ज़रूरत होती है।

अनगिनत इच्छाओं की आँधी, कामनाओं का झंझावात, वासना की आग समेटे कोई कैसे तपस्या कर सकता है? तपस्या, ध्यान, प्रेम तो समस्त अभिलाषाओं के अंत पर ही संभव है। जगत की अशाश्वतता और निस्सारता समझ में आए तो बात बने। उच्चतर के चिंतन हेतु निम्नतर चिंतन खत्म होना चाहिए। मन को साधने का अर्थ है साधना करना।

चंचल मन को कैसे नियंत्रित किया जाए यह अनादिकाल से प्रश्न बना हुआ है। ऐसे में मध्यम मार्ग है

समस्त अभिलाषाओं को एक अभिलाषा में निहित किया जाए। श्रेष्ठ विचारों द्वारा एक को पूर्ण समग्रता से स्वीकारा जाए। वैराग्य को अपनाया जाए। समस्त कर्म कर्तारहित हो। जो कुछ किया जाए वह शाश्वत के लिए किया जाए। साधना प्रेम तपस्या का मार्ग कठिन है। कंटिली झाड़ियों से तो कभी शोलों के बीच से मार्ग गुज़रता है। अतः आत्मीय संग करके जैसा उपनिषद् कहते हैं,

ऊँ सहनाववतु
सह नौ भुनक्तु
सह विर्यं करवावहै
तेजस्विनावधीतमस्तु
मा विद्विषावहै
ऊँ शांतिः शांतिः शांतिः।

प्रेम महज देहगत् नहीं अपितु चेतनगत होता है। जो अपने प्रियतम के लिए समय की प्रतीक्षा करते हुए स्वयं के आर्डर (क्रम) अनुसार योनियों को ग्रहण कर विराट के वृहद उद्देश्य को पूर्ण करने हेतु समय की प्रतीक्षा करते हुए निर्धारित समय पर प्राकट्य को

प्राप्त होती है। इस अंतराल को भरने के लिए पूर्व की बानो आज की ललिता है। उसने अपना शरीर छोड़ने के पश्चात् छिपकली की योनि को स्वीकार किया। क्रमानुसार आवश्यक समय बिताकर कुतिया का जन्म लिया। इस जन्म में अनेक श्वानों को अपने से दूर दखते हुए अपने सत् अस्तित्व को बचाना कोई मज़ाक तो नहीं। अंततः इन समस्त श्वानों ने अपनी वासना की पूर्ति नहीं होने से कुतिया को देहत्याग हेतु बाध्य कर दिया। मैं स्पष्टतः देख पा रहा हूँ, देहत्याग के पश्चात् पुनः देह स्वीकारने की अवधि, एक शताब्दी का अंतराल थी। इस अंतराल में बिना देह के रूह को भटकना पड़ता है, वह भी कोई कम प्रवंचना नहीं है, किसी भी दृष्टि में वह कम नहीं होता। फिर शरीर धारण कर चील के रूप में और फिर मृग, बिल्ली, गिलहरी अरे रे **S S S** कहाँ तक!

सहज अंतःकरण से आत्मीय भाव प्रस्फुटित होता है और मैं उठकर ललिता को आगोश में लेने को उठता हूँ। वो दूर छिटक जाती है, अंगूठा दिखाकर कहती है, तुम यूँ ही पकड़ नहीं सकते।

चेतना का एक कोना ओढ़कर
रात बिताता हूँ,
उसी कोने को थामकर
दिन गुज़ार देता हूँ।

हाय! यह कैसी बदनसीबी है,
हाथ प्रज्ञा का नहीं मिलता।

मैं विषाद में कह जाता हूँ, "तुमने अनेक जन्म लिए तो क्या मैं नहीं भटक रहा?" ललिता के चेहरे पर पूर्ण गाम्भीर्य है, कहती है, "तुम्हारे और मेरे बीच यही फर्क है। तुमने जितने जन्म लिए विस्मृति को प्राप्त हुए लेकिन मेरे प्रत्येक जन्म में मेरी स्मृति बनी रही। यही स्मृति प्रत्येक योनि में कायम होती है और कष्ट, पीड़ा, क्लेश, प्रवंचना गुणात्मक होती है।" मैंने कहा, "यह सच तो है परंतु अब तुम भी जान गई हो मैं भी जान गया हूँ तो उस एहसास को पुनः प्राप्त कर सकते हैं "क्या यह गुनाह है?" ललिता कहती है क्या तुम भूल गए सिर्फ एक स्पर्श और देहत्याग करना पड़ा। ऐसी गलती फिर नहीं करना। फिर देह छोड़ना पड़ सकती है। तुम तीर्थ भाव को लो, मैं तुम्हारे साथ ही तो हूँ।"

रईसों के चोंचले,
न ही ख्यालों के सपने हो,
रूह प्यासी, एक कतरा लब,
एक एहसास की बात हो।

अब खत्म करो जिस्म की बात,
रूह का तकाज़ा है।
इस खामोशी में उस जलवे की बात हो।

सफर-दर-सफर और मिलते रहे फरेब
कुछ देर छाले-पांव के
और उस मंजिल की बात हो।

मैं नहीं पालता खार कोई नफरतों का
एक फूल और
हज़ार कांटो की बात हो।

फूलों की चाहत और कांटो से दूरियाँ
इश्क रूह से
फिर मिटने का गम कैसे हो?

तुमने मेरे बीते जीवन देख लिए अब वर्तमान जीवन भी तो देख लो। और मैं देख रहा हूँ, यही वो ललिता है जिसका बाल विवाह हो गया था। घर वालों ने ललिता का विवाह जिसके साथ तय किया, उस वर को विवाह वेदी पर देखते ही ललिता चक्कर खाकर गिर पड़ी। कारण यह था कि जो पुरूष सामने खड़ा था वह बीते जन्म का पुत्र था। लाख मना करती रही इस ज़माने ने नहीं सुनी। बलात् विवाह कर दिया गया । सामाजिक दृष्ट्या विवाह का अर्थ ही देह तक सीमित होता है। अब ललिता क्या करे?

सुहागरात . . . . दूल्हा . . . . लेकिन ललिता सहयोग करने की स्थिति मे नहीं है। विडंबना और साथ ही प्रवंचना भी। एक वर्ष इसी प्रवंचना को झेलते-झेलते बीत गया। पुरूष रूके तो कब तक? बलात् हावी होने का प्रयास, और अपने आप को बचाने के प्रयास में ललिता द्वारा पति मारा जाता है। ललिता घर से भागकर विक्षिप्त-सी बनकर अपने शील का संरक्षण करने का भरसक प्रयास करती है। आखिर क्यों? हाँ! यही तो है . . . . और मैं चेतना के घनघोर अंधकार

में घिर जाता हूँ। बस यहीं से मेरे जीवन में अपमान, तिरस्कार और प्रवंचना का दौर शुरू हो जाता है क्योंकि जो तीर्थ बन जाते हैं, उन्हें अंतिम परीक्षा तो देना ही पड़ती है तभी नाथ बनते हैं। ललिता मुस्कुराकर संबल देती है, ये तो होना ही है, मैं तुम्हारे साथ हूँ न! ललिता अब वर्तमान में 'विदमार' के नाम से दक्षिण में कंदराओं को अपना स्थान बनाए हुए है। मेरा साक्षात्कार उनसे सन् दो हजार एक में हुआ था।

जो जैसा होता है, शक्तियाँ उस पर वैसा ही प्रभाव डालती है। ऐसी ही एक गुफा में कदम रखते ही अत्यंतिक दबाव मानस देह पर पड़ता है। स्थूल देह से मानस देह अधिक संवेदनशील होती है और मस्तिष्क में एक घुमाव बनता है। एक चट्टान का सहारा लेकर बैठ जाते हैं आँखें बंद करके और चिदाकाशरूपी पर्दे पर सुप्त पड़ी हुई चित्रों की श्रृंखला चैतन्य होकर प्रकट हो जाती हैं। देखता हूँ चर्मचक्षु तो खुले हैं लेकिन आँखों में कुछ दिखाई नहीं देता। खुली आँखों को भेदकर ज्ञान चक्षु जिसे प्रकाश का परावर्तन कहा गया है, देखता हूँ गुफा के छत को चिपका हुआ एक जिस्म है, गौर वर्ण, चेहरा लंबा लेकिन बहुत

झुर्रियों से भरा हुआ, जैसे किसी ने भित्ती चित्र बनाया हो, किसी नुकीलें खीले से रेखाओं को उभारा गया हो और आत्मा का रंग भरकर उसे सजीव किया गया हो। मोहक मुस्कान, सफेद आँखों में नीली पुतलियाँ उज्जवल कपाल और दीवारों के जिस्म पर बिखेरे हुए बाल, लगता है किसी वृक्ष की गहन बारीक जड़े छा जाना चाहती है। समस्त जड़ वजूद को चैतन्य करना चाहती है। उन गहराईयों में छिपी यादों को जो व्यक्त होने के लिए बेताब हैं और बयाँ करना चाहती हैं उन ख्यालों को जो आने वाले भविष्य की ओर इंगित करती हैं, इशारा करती हैं। दूर से आती एक स्पष्ट आवाज़! और बरबस ही ध्यान जो एक जगह केन्द्रित था धारणा बनकर वजूद पर फैल जाता है। एक स्त्री देह है जैसे पुराने बड़ का फैलाव। निर्वस्त्र देह, गठा हुआ समूचा शरीर, सिद्धासन में बैठी हुई मुद्रा पर एक दृष्टिपात होता है। अधखुली आँखे और तैरता हुआ ख्याल आकार लेने लगता है, मैं विदमार हूँ. . . . . मैं विदमार हूँ .....

विदमार कहती है जीवन के पूर्णत्व के लिए त्रिपुटी का होना नितांत आवश्यक होता है। दृश्य और दर्शन

के लिए दृष्टा के बिना कैसे काम चल सकता है? तुम वही दृष्टा हो, हमारे जगत के साक्षी, सदियों की तपस्या और एक लक्ष्य। आगे विदमार कहती है "चित्त की दो अवस्थायें हैं जड़ चित्त व सूक्ष्म चित्त। जड़ चित्त भौतिक जगत से लिपटा रहता है, सूक्ष्म चित्त नगण्य लोगों को प्राप्त होता है। चेतना शक्ति इन दोनों चित्त पर अपना प्रभाव डालती है। अंतर्यात्रा पर जब क्रियाशक्ति चल पड़ती है तो अनेक असंभव से लगने वाले रहस्यों से अनुभूत होती है। अनेक मुद्राएँ घटती हैं। विभिन्न नाद, अनेक योनियों में भ्रमण का अनुभव कराती है। आनंद रोम-रोम से बह निकलता है। श्वास कभी तीव्रतम तो कभी मद्धम तो कभी मंद हो जाती है। पंचतत्व कभी अपने उभार पर तो कभी सम पर आरूढ होते हैं।"

निरंतर यात्रा करते हुए और प्रत्येक जन्म में संग्रहित संस्कारों का भोग करते हुए सद्गुरू का सान्निध्य प्राप्त होता है। सीढ़ी दर सीढ़ी उन्नति करते हुए जब साधक सद्गुरू द्वारा किए गए व्यवस्था एवं योजना के अनुसार तीर्थ की श्रेणी में आ जाता है तो अनेक जागतिक, अजागतिक कष्ट, समस्या, उलझाव, तिरस्कार, लांछन आदि को प्राप्त होकर

कुंदन बन जाता है। लेकिन कुंदन बनने की प्रक्रिया अतिशय दुष्कर होती है। तीर्थ बन जाने पर प्रायः उनके ही शिष्य उनकी अत्यधिक अवहेलना कर अनेक शारीरिक सामाजिक अहंकारजन्य वृत्तियों के तहत् व्यापकता के सिद्धांत की धज्जियाँ उड़ाते रहते हैं। सिद्धांत को प्रतिपादित करने हेतु नवनिर्मित स्थानों पर किए गए गारे-माटी के निर्माण पर अपना अधिकार जताते रहते हैं। बात-बात पर बड़े गर्व से धौंसबाजी करते रहते हैं। अनेक हथकंडो का उपयोग कर मनमानी वांछित दैहिक और सामाजिक संतुष्टि हेतु सद्गुरू का शोषण करते हैं। इस प्रकार वे व्यापकता के समस्त दरवाजें बंद कर देते हैं। सद्गुरू की कार्यशैली पर अंगुली उठाकर हस्तक्षेप करना उनका एकमात्र कार्य रहता है। ना तो वे स्वयं उच्च स्तर पाते हैं ना ही दूसरों को प्रदान करने में सहयोग देते हैं। ऐसी परिस्थिति में सद्गुरू अपने गंतव्य की ओर लक्ष्य कर स्थाई क्रियायोग का सहारा लेकर उपद्व्यापियों से कहते हैं, "यह भी सच है, तुम जो कहते हो वह भी सच है। करो, जैसा करना हो। ठीक ही है- जो सेवा तुमने की उस सेवा से तुम विराट को पा सकते थे, अगर निहित स्वार्थ व नाशवान सत्ता पाना चाहते हो तो वैसा भी सही है।" वैसे तो

की गई सेवा के बदले किसी नाशवान पद संपदा की आकांक्षा करना प्रेम सेवा को गर्त में डालने जैसा ही है। वासना के अधीन रहकर सद्गुरू के महत्व को समझना कतई संभव नहीं है। जब तक तुम मनोवांछित भावनाओं के पीछे भागोगे तब तक तत्व ज्ञान से वंचित रहोगे, तथा यह अनमोल साधक जीवन कलंकित कर पाषाण में तब्दील हो जाओगे।

विदमार कहती हैं "व्यक्तिगत अहंकार घृणा शत्रुता को बनाता हैं। जो तीर्थ बनते हैं, उन्हें ऐसे लोगों से दो चार होना ही पड़ता हैं। सच्चे साधकों का सदैव अभाव रहा हैं। लेकिन प्रतिशत नगण्य होने के उपरांत भी सच्चे समर्पित साधक कुछ तो होते ही हैं। उन्हीं के कारण शक्तिपात मार्ग जो स्थाई है अदृश्य में क्रियाशील बना रहता है।

तीर्थ कहते हैं, मेरे भविष्य के सितारों तुम सबको मिलकर सूरज नहीं तो एक दिया ज़रूर बनना है। मेरी धरोहर को संभालना है इसलिए प्रज्ञा को बताए वचन श्रवण करो।

सप्त ऋषियों के सात वचन,
प्रयास जारी रहे, सत्य वचन कहे।
अहंकार नहीं हो, निंदा को अलविदा कहे।
नित ध्यान रहे, मन मौन से
विभक्त न रहे, संपर्क वृत्ति बने।

जब भौतिक अहंकारिता व एकाधिकार प्रवृत्ति लक्ष्य हो जाता है तो वह साधक अशाश्वत भौतिक सत्ता प्राप्त कर लेता है। परंतु उसे ईश्वर का आश्रय नहीं मिलता। जब सद्गुरू अवांछित परिस्थितियों से गुज़रता है तो उसमें मर्मांतक, क्लेश व प्रवंचना होती है लेकिन क्रियाशक्ति प्रज्ञा द्वारा काबिज होने से उस सद्गुरू की व्यापकता की क्रियाशीलता पर कोई फर्क नहीं पड़ता। हाँ, विलंब ज़रूर हो जाता है। ऐसे साधकों को सद्गुरू हटाने का प्रयास तो नहीं करता लेकिन जब वे स्वेच्छा से किनारे पर अटकना चाहते हैं तो उन्हें निकालने का प्रयास भी नहीं करता। क्योंकि जबर्दस्ती या जोरा-जोरी से किसी को अमृत भी पिलाया जाए तो वह ज़हर का ही काम करता है। जो साधक समर्पणात्मक पुरूषार्थ करता रहता है उसके लिए ज़हर भी अमृत का कार्य करता है।

वैसे तो लक्ष्य से भटकने का कारण है कि साधक तात्कालिक फायदे को देखकर दूरगामी परिणामों से होने वाले फायदे को नहीं देख पाता।

खुदा अपनी कीमत घटाए क्यों?
खुद ने की कौन-सी शिरकत,
वो वाह-वाह इरशाद कहे क्यों?
हर पल कैंची चलाई इश्क पर।
और कतरे पर हैं।
वो पलकें उठाए क्यों?

हर गली में बिछाई बारूदें,
और लगाई आग है।
वह रहमत बरसाए क्यों?

हाथ में कुरान
और कलाई पर क़त्लेआम है।
वो नमाज़ कबूल फरमाए क्यों?

तीर्थ संतप्त होकर कहते हैं,
तुमसे तो कछुआ अच्छा,
जिसने उठा रखी है धरा।
धन्य है ध्रुव का जीवन,
जिसने थाम रखा है नक्षत्रों को
और लगाते हैं चक्कर सप्तऋषि।

तुम्हारा जीना या मरना
बुलबुला है पानी का।
जो उपजे या निपजे
फख़त भ्रम पैदा करे होने का।

तीर्थ के संगतपूर्ण व्यथित वचन सुनकर साधकों में भी सात्विक भाव उद्वेलित होता है। साधक कहता है, "हे तीर्थ आपके हालात् और आत्मा की प्रवंचना को देखकर जी धक-सा रह जाता है। वास्तव में औलिया बनना महाभयानक लगता है।"

भरी हुई आवाज़ में तीर्थ कहते हैं, "सच तो है ही चेतना (आत्मा) बिना देह के (मानव देह) नहीं रह सकती। अनुभूति को अनुभूत नहीं कर सकती है। आत्मा को अनुभव

हेतु देह और इंद्रियों की ज़रूरत होती है। आँख, नाक, मुँह, जबान, हाथ, पैर, गुदा, लिंग स्थूल व सूक्ष्म इंद्रियों के जमावड़े को देह कहा गया है। ये संसाधन हैं लेकिन मन के बिना सब व्यर्थ हो जाते हैं। (मन, इंद्रियाँ ही हैं) बुद्धि निर्णय कराती है और 'होने को' प्राप्त करती है, फिर स्मृति भी एक साधन है, क्षमता है, अहंकार है और इन सबका उपयोग कर उनको तोड़ने पर चेतना का अनुभव होता है। अर्थात् चेतना का आधार मन–स्मृति–अहंकार है। इसके स्वभाव को समझ लेने से (इनका ज्ञान हो जाने से) शक्ति (उर्जा) प्रेम अंतःकरण से ओत–प्रोत भावना का प्रादुर्भाव प्रारंभ हो जाता है। सबके साथ समत्व और मेरे अपने का भाव बढ़ता जाता है। योग्य चेतना को जानने–पहचानने अनुभूतने के लिए जहाँ से भी जैसे भी सहायता मिले परहेज नहीं करना चाहिए। तत्व जानने के लिए भेदभाव क्यों करे? अच्छाई ग्रहण करने से कोई जात थोड़े ही बदलती है या कोई धर्म थोड़े ही बदलता है। जैसे भाकरी चटनी खाने से कोई मराठी नहीं हो जाता, इडली–साँभर खाने से कोई मद्रासी नहीं हो जाता, पुरणपोली खाने से कोई महाराष्ट्रीयन नहीं हो जाता। अच्छाई, अच्छाई है। इससे चेतना प्राप्त कर लो। सदा विचारो

मैं कौन हूँ?, क्या हूँ?, किसलिए हूँ?, सत्य-असत्य को जान लो। कुछ ऐसा कर जाओ जब तुम पुनः आओ (मृत्यु उपरांत) तुम्हें स्वच्छ सत्य और सुंदर धरातल मिले।''

विदमार कहती है ''तीर्थ बनने की श्रृंखला अति जटिलतम है। अनेक जन्म अनेक योनियों से उच्चतर से निम्नतर तक और निम्नतर से पुनः उच्चतर अवस्था तक अनेक दुःख, कष्ट यातनाओं से गुज़रना होता है। पग-पग पर रूकावटें, ध्येय से हटाने का प्रयास और उसके लिए दुष्टतम तरीके अख़्तियार किए जाते हैं।''

कभी अंधेरी राह से गुज़रना होता है तो कभी उजले मार्ग से। अंधेरा मार्ग दक्षिणायन से गुज़रता है। जब इस मार्ग से सफर तय करना होता है तो अनेक पाशविक शक्तियाँ बलात् कब्जा करने का प्रयास करती हैं। इनसे बचना, मंजिल को नहीं भूलना और मंजिल की ओर अग्रसर होते रहना यह कोई मज़ाक नहीं अपितु संग्राम ही तो होता है। एक व्यक्ति (आत्मा) और हज़ार-हज़ार बाधाएँ कठिन परिस्थिति ठीक वैसी है जैसे किसी को आईना बनाकर रख दिया और चारों ओर से हज़ारों लोग हाथ में पत्थर लिए निशाने को ताड़ने के लिए बेताब हो

और आईने से कहा जाए कि तुम्हें टूटना नहीं है, बिखरना भी नहीं है। दूसरी तरफ उजाले के मार्ग में अनेक सुख और अनेक वासनाएँ अपनी ओर आकर्षित करती हुई ठीक वैसी ही जैसे एक अश्व और चारों ओर से सवारी हेतु बेताब अनेक अश्वारोही। अब अश्व जाए तो कहाँ जाए? पग-पग पर भटकन, अनिश्चितता और इस झंझावात में तिनके के समान बार-बार उठते व गिरते संभलते रहने का भाव। एक रहस्य से पर्दा उठता है तो दूसरा रहस्य सामने खड़ा होता है। कितनी खोज करो, खोज पूरी नहीं होती। पूर्ण मनोनिग्रह के बिना यह कतई संभव नहीं है। दो नाव में पैर रखकर सफर तो तय होता नहीं। अज्ञान से हटे बिना ज्ञान नहीं। इसलिए यथार्थ समझ तो यही है कि इस स्थाई मार्ग पर व्रत-उपवास, यात्रा, कर्मकाण्ड आदि का कोई प्रयोजन नहीं है। हाँ जिनकी सांसारिक वृत्ति होती है, जो निवृत्ति मार्ग का अवलंबन नहीं कर सकते, उनके लिए यह सीढ़ी का काम अवश्य करते हैं। प्रयास या कर्तापन से कुछ नहीं होता। वास्तव में सब कुछ प्रज्ञा ही करती है और हम अज्ञानवश ''मैंने किया'' मानते हैं।

जब शक्तिपात के आश्रय पर समर्पणात्मक पुरूषार्थ किया जाता है तो क्रियाशक्ति जागृत होकर बरतने लगती है। कर्तापन या प्रयास बोलचाल की भाषा के लिए शेष रह जाता है। आज का भय, असुरक्षा ये आसक्ति के परिणाम हैं। आसक्ति नहीं होने पर निर्भयता स्वयं ही आ जाती है। संसार जैसा है वैसा ही रहेगा ठीक वैसे ही जैसे आँधी को मोड़ा नहीं जा सकता हाँ, मुँह मोड़ सकते हैं वैसे ही हम संसार को नहीं बदल सकते, हम स्वयं बदल सकते हैं। अपने आपको अनासक्त, सहनशील व अप्रभावित बनाकर समस्या का निदान संभव है और क्रियाशक्ति का जागरण भी। वाचिक सत्संग प्रारंभिक अवस्था में उचित है लेकिन शक्तिपात द्वारा प्रत्यक्ष अनुभव अधिक प्रभावशील होने के कारण क्रियाशक्ति के जागरण हेतु इसे किसी भी परिस्थिति में नकारा नहीं जा सकता।

तीर्थ आश्रम या शक्तिपीठ जहाँ होते हैं वे मात्र मनोरंजन हेतु पौधे वृक्ष नहीं उगाते ना ही मात्र गारा-मिट्टी के भवन बनाते हैं। शक्तिपीठ क्रियाशक्ति के

सृजन और समान वितरण हेतु होते हैं। वहाँ सूक्ष्मातीत दिव्य आत्माएँ अपना वास्तव्य यथायोग्य बनाए रखते हैं। शक्तिपीठ का अर्थ है दृश्यमान व अदृश्यमान साधकों का जमघट, जहाँ समर्पित को हटाकर एकाधिकार का दबाव देने वाली विरूद्ध शक्तियों का आगमन होता रहता है। ये सदैव अनुकूल को प्रतिकूल बनाए रखने वालों को बनाए रखना चाहते हैं और फिर कलियुग की महत्ता को स्वीकार कर औलिया उन्हें हटाने का प्रयास नहीं करते। ऐसा इसलिए कि राजा परीक्षित ने कलियुग की महत्ता स्वीकार कर उसे भी रहने हेतु स्थान देना पड़ा। औलिया ऐसे साधकों को लगातार समझाईश व प्रेमपूर्वक शक्ति के अनुकूल बनाने का प्रयास जारी रखते हैं और सदैव कहते हैं कि जब साथ देना ही है तो ईश्वर का साथ देना चाहिए। औलिया की महत्ता इसी से दिखाई देती है कि वे सबको साथ लेकर चलना चाहते हैं। तिरस्कृत, बहिष्कृत को छोड़ते नहीं, सत्य से हटते नहीं। ऐसा करते हुए वे सभी मनःस्ताप क्लेश सहते हैं और अपना समय गुज़ारते हैं।

एक भिखारी, दूसरा भिक्षु।
भिखारी के पास कभी कुछ था ही नहीं।
उसने कुछ भोगा ही नहीं मन भरा ही नहीं।

भिक्षु के पास सब कुछ था, है, रहेगा ही।
उसने सब कुछ भोगा है मन परिपूर्ण है।
उसने सभी वासनाओं को
जाना है, पहचाना है, समझा है।
और सबको व्यर्थ स्वीकारा है।

अब प्रवृत्ति नहीं, निवृत्ति है पूर्ण काम है।
ऐसे दौर से गुज़रा भिक्षु
औलिया अवधूत है।

विदमार कहती है ''ऐसा करते हुए वे तीर्थ से नाथ श्रेणी में पदार्पण कर जाते हैं।'' हम देखते है कि तीर्थ में सभी पापी पाप धोने आते हैं। तीर्थ पापियों से घृणा नहीं करते या हटाने का प्रयास नहीं करते। इसी तरह जो क्रियाशक्ति का सहारा लेकर

तीर्थ बने हैं वे कैसे गंदगी से, कीचड़ से परहेज़ करेंगे। कालिख लांछन तो सहना ही होंगे। सत्य तो यही है कि जनमानुष को अपनी गंदगी दिखती नहीं है। दूसरों की गंदगी की चर्चा करते बाज नहीं आते। यह जगत् ऐसा ही है। तीर्थ सब बर्दाश्त कर लेते हैं, चित्त शुद्ध रखते हैं क्योंकि वे बेहतर जानते हैं कि अनुकूलता-प्रतिकूलता मन की दशा है। यश-अपयश मन की मिथ्या कल्पना हैं। तीर्थ कहते हैं-

यथार्थ में मानव ज़िंदगी दो में बंटी है।
चेतन अचेतन . . . .
चेतन परिवर्तन से डरा-सहमा
अचेतन झूठा, मक्कार, आलसी।

नकारात्मक परंपरा तोड़ने हेतु
निरंतर व्यापकता के पोषक बनने को
नकारात्मक तत्वों को उखाड़ने का
दुस्साहस करना ही पड़ेगा।

तीर्थ कहते हैं उपरोक्त समस्त कथन पश्चात् पुनः सारांश रूपेण कुछ भस्मसार कुछ स्वर्ण सार प्रस्तुत करने की प्रज्ञा की मंशा को स्वीकार कर अभिव्यक्ति को प्रस्तुत हो रहा हूँ।

सत्य बोलने का दुस्साहस है,
मैं जबाला पुत्र हूँ।
जिसने अनेकों की सेवा की
और मुझे पाया।।

"मैं" जबाला पुत्र जबाल हूँ।
"मैं" ही अंतिम सत्यकाम हूँ।
यह तुम्हारा दुर्भाग्य है, कि
तुम मुझे पहचान नहीं पाते।

जिनका दिलो दिमाग शांत नहीं,
उनको संतोष क़रार कहाँ?
एक जमावड़ा है जिनका नेतृत्व करता हूँ।
एक स्थान विशेष को पाना चाहता हूँ।

जमावड़े की भावना प्रबल हुई,
मुझे उनके पीछे चलना पड़ रहा है।
सिद्धांत स्थापित हेतु जमावड़ा ज़रूरी है।
पीछे चलने में कोई हर्ज नहीं है।

लेकिन ध्येय, छुटने न पाए,
दिलो-दिमाग शांत होना चाहिए।

शक्तिपीठ स्थापना में क्रियाशक्ति प्रयोजन हेतु साधकों के पूर्वार्जित पुण्यों को आधार बनाकर उनका चुनाव किया जाता है। यह जानकर कि ये इस पैतृक संपदा का उपयोग करके क्रियाशक्ति के क्रियाशीलता में बाधक नहीं वरन् सहयोगी रहेंगे। व्यवहार प्रत्येक साधक या आगंतुक के प्रति चाहे वह तुम्हारें व्यक्तिगत सोच से मेल खाता हो या नहीं तुम्हारा आचरण व्यवहार शुद्धतम संतुलित रहेगा। विनम्रता, वाणी की मधुरता, सहज सेवा एवं आक्षेप के बावजूद निभा ले जाने की क्षमता बनाए रखेंगे। शक्ति के संग दृश्यमान या अदृश्यमान की गरज हो साथ देते रहेंगे। *विदमार कहती है "मैं भी तो स्त्री ही हूँ। मैने किया है न, तो फिर तुम लोग क्यों नहीं कर सकते?*

प्रायः सामान्यजन बहाने खोजते रहते हैं, परिवार है, नौकरी है, जवाबदारी है, संसार बाक़ी है। ये सब बहाने हैं नहीं करने के। जिन्हें करना होता है वो किसकी परवाह करते हैं? एक पल में सब त्यागकर चले जाते हैं। मीरा, सहजोबाई, संत सखुबाई, शांता, बानो, शहनाज़, ललिता ये महिला होने के उपरांत, गृहस्थ जीवन में होने के बावजूद, जवान एवं सामाजिक बंधनों में बंधे होने के बाद भी इन्होनें सत्य प्रतिपादन हेतु कभी प्रेम मार्ग, कभी यौगिक क्रिया, कभी मुद्रा योग, कभी वीरानों की खाक छानते हुए, कभी महलों में तिरस्कृत, बहिष्कृत बस्तियों, श्मशान, खंडहर, कब्रिस्तान में सभी जगह एक जैसा भाव रखते हुए सद्गुरू के सपनों (व्यापकता) के लिए प्रतिकूल से प्रतिकूल परिस्थितियों में होश कायम रखते हुए "स्व" का ध्यान रखते हुए उस परम पद को प्राप्त कर लिया।"

वास्तव में संसार नही रोकता, रोकती है तो स्वनिर्मित वासनाएँ, आसक्ति, अहंकार, ईर्ष्या, बदले की भावना, क्रोध। जब तक साधक दूसरों द्वारा दिए गए कष्ट, मनःस्ताप, अपमान, तिरस्कार, अवहेलना, निंदा, घात-प्रतिघात से विचलित होता रहता है या उन्हें कोसकर बदले की भावना रखता है तो इस मार्ग पर नहीं चल सकता। जो

सब कुछ सहकर क्षमा, दया, करूणा को नहीं अपनाता तो परम पद कैसे प्राप्त होगा?

किसी चरित्र (व्यक्ति का आचरण) वृत्ति में निंदा करने का स्वभाव, धीरे-धीरे ईर्ष्या, कपट में बदलने लगता है। ऐसे व्यक्ति को ईर्ष्या, कपट में रस आने लगता है। बड़े आश्चर्य की बात है आदिमाया की लीला है, सद्‌गुरू आत्मीय के संग रहकर भी, सत्संग सुनकर भी साधक में निंदा करने की वृत्ति पीछा नहीं छोड़ती। एक ही गुरू के संग रहने वाले शिष्य साधना को लेकर निंदा करते हैं, एक दूसरे से ईर्ष्या करते हैं, परिणाम होता हैं अलगाववाद। जो निंदा करता है, ईर्ष्या करता है उसके पास अनेक तर्क होते हैं। आपस का कलह "गुरूकुल चिंतना" को डुबाता है। औलिया कहते हैं, जब शिष्यों को पता चल जाता है कि गुरू क्रियाशक्ति के अंतर्गत बरत रहे हैं या योग-ध्यान में प्रवृत्त होने से सांसारिक बातों से निवृत्त हो रहे हैं तो उन्हें अपने भीतर जागृति को लाना होगा। एक-एक पल बिना विलंब किए "एकांत" को उतारना होगा। मौन-मन

से, वाणी से चुप रहना होगा। समस्त विचारों का त्याग किये बिना समाधि नहीं आ सकती। गुरू के जीते जी ऐसा नहीं किया तो जीवन सार्थक नहीं हो पाएगा।

तू-मैं मिटे, विचार मिटे, शब्द मिटे फिर समाधि में व्यक्ति भी मिटे तभी मुक्ति मिलती है। पुरी, गिरी, तीर्थ एवं अंतिम पायदान नाथ तक पहुँचना बच्चों का खेल या रेत में महल बनाने जैसा सरल, बचकाना कार्य नहीं है। सदियों से शुरू सफर युगों-युगों तक जारी रहता है और अंत तक पहुँचते-पहुँचते फिसल जाता है मुकाम। दुख, पीड़ा, क्लेश, प्रवंचना से गुज़रते-गुज़रते आत्मा, अनात्मा तक हाहाकार कर उठती हैं। सर्वहिताय लुप्त हो जाता है और परपीड़ा दुखदाई के जगत से निकलना असंभव बनता या लगता है।

कितना समझाये कोई समझने को तैयार नही, हर कोई समझता है मैं सही करता हूँ लेकिन कोई रूककर समझने का भाव बनाए तो व्यक्तिगत सत्य अंतिम सत्य से मेल नहीं खा रहा।

आध्यात्मिक प्रगति एवं मुकाम तक पहुँचने हेतु जागतिक (सर्वमान्य ईश्वर सम्मत) सत्य का अवलंबन करना चाहिए। आज के साधक (शिष्य) गुरू आत्मीय के व्यक्तिगत सत्य का सहारा लेकर भावनात्मक (अंतःकरण) क्लेश देते हैं जिसका उन्हें जरा भी मलाल नहीं होता। आत्मशुद्धि, कर्म (आचरण शुद्धि) के बिना संभव नहीं है। साधक को आचरण करना चाहिए ना कि मात्र वार्तालाप। मिट जाना चाहिए व्यक्ति को न कि व्यक्तियों को मिटाने का प्रयास करना चाहिए। शक्ति स्थानों पर बलात् कब्जा, चढ़ा-होड़, ईर्ष्या, द्वेष व्यक्तिवाद शक्ति परंपराओं का घोर निरादर है जो विनाश का कारण बन जाता है। षड़यंत्र, एक-दूसरे को काटने व अपमानित करने की प्रवृत्ति अंततः आत्मा का नाश करने का कारण बन जाती है।

विदमार कहती हैं स्थूल संपदा "कोई भी संभाल सकता है संभालने वाले मिल ही जाते हैं लेकिन तीर्थ को ऐसे साधक चाहिए जो सर्वस्व लुटाकर भी, सर्वस्व खोकर भी "क़ौल" (अपने वचन को) सार्थक कर औलिया संपदा (आध्यात्मिक शक्ति, विरासत) को परवान चढ़ाए। सुपात्र एवं

कौल को निभाने वाले शिष्यों के अभाव में यह शक्तिपात विद्या (शक्ति जागरण) लुप्तप्राय होती रहती है।"

तीर्थ अपने स्थान से उठकर उस स्थान की ओर चल पड़ते हैं। चलते-चलते आस-पास के शिष्यों को कहते हैं यह जो वृक्ष है जिसे तुम बबूल कहते हो वास्तव में दो दिव्यकणों के शक्तिपात से बना जीवाण्ड यहाँ गिरा था।

"मैं" तीर्थ ने इस रहस्य को जानकर इसका नामकरण बुलबुल किया और इसके सत्व को छुपाने हेतु बबूल के पौधे को रोप दिया। आने वाले इक्कीस हजार वर्ष पश्चात् बुल-बुल अपने जीवाण्ड को तोड़कर बाहर निकलेगा। जो नाथ संप्रदाय के अंतर्गत आयण भेदकर कलकी अवतार हेतु मार्ग प्रशस्त करने का प्रयासरहित प्रयास करेगा। पुनः शिष्यों की ओर मुखातिब होकर कहते हैं-

अरे! एक पल को तो उठो,
मेरे मीत, आँखें तो खोलो!
चेतना विहिन लाशों को ढोते-ढोते,
बहुत थक चुका हूँ।

मैं चेतनमय प्रेम, ज़िंदापन को
भोगना चाहता हूँ।
यह श्मशान किसे जलाते हैं?
इन चेतना विहिन हुए लोगों को।
बड़ी शर्म आती है देखकर।

क्या ऐसे स्थानों की कमी हो गई?
क्या कोई ऐसी जगह नहीं बन सकती
जहाँ प्रेमाग्नि, ज्ञानाग्नि हो।
जहाँ जलाया जाए तेरे-मेरे को,
अज्ञान, वासना और एकाधिकार को।

अरे! एक पल को तो उठो,
मेरे मीत रे, आँखें तो खोलो।
चेतना विहिन लाशों को ढोते-ढोते
बहुत थक चुका हूँ।

जीवन में उद्देश्य होना अति आवश्यक है, निरूद्देश्य जीवन पशुवत् होता है। बार-बार विचारो मेरा उद्देश्य क्या है? उद्देश्य शाश्वत होना चाहिए ना कि अहंकारात्मक।

अनेक कठिनाईयाँ प्रतिक्षारत् हैं, लेकिन खोज जारी रहना ही चाहिए। मैं कोई सांत्वना नहीं दूँगा कि कोई बाधा नहीं होगी। ध्येय ('स्व' की खोज) कोई गाजर-मूली नहीं है। लगन से किया हुआ कार्य क्रियाशक्ति को उभारता है। मैं कोई दायित्व या जवाबदारी से तुम्हें नहीं रोक रहा। तुम्हारा अपना आलस्य, भय, असफलता का ख्याल तुम्हें उर्ध्वगति से रोकता है।

तुम्हें अगर मेरे संग चलना है तो फिर तुम्हें अपमानित होना पड़ेगा। सूली पर चढ़ना पड़ेगा, लोग हँसेंगे, गिन-गिन के बदला लेंगे। तो मैं ये कहूँगा मात्र इतना ही नहीं और बहुत कुछ हो सकता है।

यह सत्य कथन है।
कोई किसी के साथ नहीं जाता है।
लेकिन यह भी सत्य है
जो जाता है बहुत कुछ ले जाता है।

तीर्थ के मनोभावों को समझकर संकल्प पूर्ण करना सच्चे "कौली" का धर्म होना चाहिए। साधक को दुष्प्रचार से सदा दूर रहना चाहिए एवं दुष्प्रचार का दृढ़ता से खंडन करना चाहिए। बिना सुपात्रता के शक्तिपात संभव नहीं है। तीर्थ कब तक जगतवालों के नाज़ उठाता फिरे। जो मूल से ही गलत है, स्वीकारता रहे। जब ऐसे हालात् हो जाते हैं तो तीर्थ गर्भ में समा जाते हैं। अपने निहित कर्म (कर्मकांड, धर्म, चेतना के प्रति समर्पण भाव) कर्तव्य (तीर्थ के अंतःकरण कार्यो को पूर्ण करना) निष्ठापूर्वक निभाना ये शक्तिपीठ से जुड़े शिष्यों का कर्म-धर्म-कर्तव्य है। जब सदियों से कड़े परिश्रम को निहित स्वार्थजन्य "मैं" हेतु बलि चढ़ता देखा जाता है तो तीर्थ खिन्न हो जाते हैं।

मैं ज़ोर ज़बर्दस्ती का क़ायल नहीं हूँ।
सुंदरता, सादगी, भव्यता ज़रूर चाहिए।
सर्वत्र चेतना की ख़ुशबू, महक का कायल हूँ।

मैं क़ीमत चुकाने को हर स्तर से तैयार हूँ।
अगर कोई राजी नहीं देने को स्वेच्छा से,

या हर कीमत लेने से।
धन, दौलत, प्यार, समझाईश
किसी भी कीमत पर राज़ी नहीं हो।
तो मैं बलपूर्वक देने के सख़्त खिलाफ हूँ।

मैं चेतना को मोड़ लूँगा।
मैं प्यार को बदल लूँगा।
मैं तिरछी दीवार बना लूँगा।
तो यह दोष परमसुंदर होगा।

अध्यात्म का मार्ग प्रशस्त करने एवं उच्चतर चेतनाओं को 'उचित ठिकाने' (टप्पे) देने हेतु शक्तिपीठों का निर्माण निहायत ज़रूरी है। शक्तिपीठ आध्यात्मिक केन्द्र (कियाशक्ति) बनना चाहिए ना कि आसक्ति, एकाधिकार का कारण। वस्तुतः निर्लिप्तता का भाव ही आध्यात्मभाव को प्राप्त करा सकता है। यह पुरी से गिरी फिर तीर्थ और अंत में नाथ की उँचाई को नापने का चुनौतीपूर्ण कर्म है। इसे (इस मार्ग को) मात्र संचय, सत्ता हेतु अहंकार के उपयोग के लिए कदापि नहीं करना चाहिए। यह मार्ग तो माया जगत से मुक्तिजगत को अग्रसर होता है। आत्मीय बनकर आत्मीयता निभाना अत्यंत दुष्कर कार्य है। इस

दुष्कर भयानक अनुभव से मैं गुज़र रहा हूँ।

यथार्थ ज्ञान यही है कि लगातार मात्र सत्संग सुनने या सुनाने की अपेक्षा अब क्रियाशक्ति की क्रियाशीलता को समझने हेतु इस उफनती क्रियाशक्ति में कूद पड़ना चाहिए। डूबे बिना मोती नहीं, फूटे बिना वृक्ष नहीं। बातों से क्या प्रयोजन, कर पूर्ण समर्पण। अगर तुम स्वयं का हित चाहते हो तो गुरूऋण चुकाकर गुरूत्व को पा लो। वास्तव में सत्संग प्रवचन जब तक बुद्धिगत है और साधना मात्र कवायद है तो फिर तत्व ज्ञान कैसे होगा? अन्तःकरण शुद्धि हेतु क्रिया को अंदर उतरने दो। अहं, क्रोध, संशय को विदा कर दो और देखो क्रियाशक्ति कैसे आती है।

तीर्थ कहते हैं मैं आज़ाद पंछी हूँ, इसका क्या अर्थ है? इसका अर्थ है मेरे जैसे ही तुम आज़ाद पंछी हो। तुम वज़न ढोकर उड़ नहीं सकते। बोझा किसका? अरे! ये तुम्हारे अज्ञानात्मक ज्ञान का, कि तुम बंधन में हो, लाचार हो। अहंकार, क्रोध, ईर्ष्या आदि का बोझा है जिसके रहते तुम आज़ादी की अनुभूति नहीं कर सकते। शर्तों पर आधारित रिश्ते जो मात्र व्यक्तिगतता पर आधारित हैं, तोड़ना पड़ेंगे। व्यक्तिगतता को अव्यक्तित्व पर आना होगा।

इस आज़ादी को पाने के लिए (जो मूलतः आज़ाद ही है) किसी आत्मीय, जो पूर्णतः आज़ाद है, का दृढ़ता से साथ करना होगा।

अब कैसी रस्में, कैसे रिवाज
मैं घर जला के आ गया।

कौन बचा यहाँ, किसका जिक्र करना?
शहर ये कैसा, न मजनूं है, न लैला।

बात शुरू की थी, बारिश हो गई।
बात प्रेम बंधन की थी खूटा उखाड़ गई।

हाथ रखा था दिल पर साज़ बजाने के लिए,
तार-तार टूटे, आरज़ू रह गई।

अब कौन सा इश्क कैसी आशिकी?
मैं घर जला के आ गया।

तीर्थ कहते हैं आखरी निवेदन है, तुम समझ जाओ तो समझ जाओ।

हे! अहंकारी अज्ञानियों,
तुम क्यों भूल जाते हो
लक्ष्मण रेखा लाँघ जाना
सीता का कटु सत्य है।

आपातकाल में नियमों को लाँघना,
परिवर्तन का साहस है।
निर्णय गलत हो भी जाए तो क्या
निर्णय लिया यह एहम् बात है।

हे! दशानन दस निर्णय लिये मैंने
एक-दो गलत हो गये तो क्या?
वक़्त की नज़ाकत कहिए,
जो उस वक़्त उचित था किया।

किसी को साँत्वना भिक्षा दी,
किसी को प्रेम भिक्षा दी।
किसी को सत्संग भिक्षा दी।
अतिथि देवो भवः जानकर दी।

मेरे इस गलत निर्णय का तेज,
अन्ततः आततायियों का नाश करेगा ही,
निर्णय का समायोचित अधिकार नहीं छोडूँगा
इससे कोई बड़ा प्रयोजन सिद्ध होगा ही।

अज्ञात खजाने की तलाश में,
खोद डाली सारी धरा और
सुरंगे बना डाली पहाड़ो में।

छाती चीरकर समुन्दरों की,
खंगाला बारम्बार
और उड़कर पार किया आकाश।

तिनके से ब्रह्मराज तक
मंत्र-जंत्र-यंत्र से किया पुष्ट मन और
श्मशान में बिता दी कई रातें।
पर नहीं मिली कानी-कौड़ी मुझे।

हे माया! छोड़ मेरा पीछा और
ले जा तेरी तृष्णा को।
हो ख़त्म मेरी तलाश।

परमार्थ का अर्थ है उस परम के अर्थ को जान लेना और जिस मार्ग से परम का अर्थ समझ में आता है उस मार्ग का अवलंबन करना, यह अध्यात्म है। जीवगतता के कारण जीव (साधक) दुविधा, संशय, परेशानियाँ, कष्ट, पीड़ा, क्लेश, प्रवंचना से गुज़रता है। इस मार्ग पर चलना सहज नहीं फिर भी असंभव भी तो नहीं है सत्य को हटाकर माया बार-बार उलझाने का प्रयास करती है। लक्ष्य निर्धारित हो जाने पर साधक को चलते रहना चाहिए। माया, भ्रम, अज्ञान गिराता-पड़ाता रहता है। ऐसा आज तक कोई भी नहीं हुआ जिसे इस माया से दो चार न होना पड़ा हो। या फिर इस समाज ने सहज स्वीकार कर उनका हौसला बढ़ाया हो। विभिन्न योनियों में बार-बार भटकना पड़ता है। मानव जीवन अंतिम कड़ी होने पर भी पूर्वार्जित संस्कार बाधा डालते ही रहते हैं। विघ्न संतोषियों ने साधना व साधक को मिटाया ही है। निहित स्वार्थ हेतु चंद अक्षरों का सहारा लेकर (चिट्ठी-पत्री) शोषण किया है। कभी ज़हर तो कभी सूली चढ़ाया है, अनेक शंकाओं ने सर उठाया है, पथ-भ्रष्ट करने हेतु स्वांग रचे हैं। लेकिन बार-बार संभलकर चलने वाले चल ही पड़ते हैं। फिर क्रियाशक्ति क़ाबिज़ करके अंजाम तक पहुँचा ही देती है।

आत्मीय गुरु "गुंडयति" होते हैं,
अर्थात् गुंडे होते हैं।
जो आश्रय में आ जाए,
उसे अपने सुरक्षा कवच में ले लेते हैं।

बासठ के पुरे कोठे में बैठा हूँ।
यथोचित बलिष्ठ काया-वाचा-मन हैं।

क्रियाशक्ति की बढ़ती-घटती गर्मी-सर्दी,
भादौ-सी पड़ती छड़ी छमाछम है।
फिर भी नहीं ओढ़े कोई आवरण है।

एकदम नंगा बदन फूलों-सा,
मैं बैठा दरवाजे पर।
अंदर होता खेल, दांव पुरुष-प्रकृति का।
जुएँ के अड्डे पर कोई हारे-जीते।
मूल की नाल पर मेरी,
आधे की साझेदारी है।

कह जाती है मैं रोज़ आऊँगी,
खेलकर चली जाती है,
आधा देकर चली जाती,
पूरी नहीं आती है।

कहीं जेल भिजवाने का इरादा तो नहीं
शंका गहरा गई तो,
छाती पर प्राणों की बंदूक अड़ा देती है।

बोली कसम मेरे ख़सम की,
झूठा वादा करने से तौबा,
अबकी नहीं जाऊँ है।
तू साथ चल तमाशे के बाद,
या गंगा के किनारे चल।

मैं चल पड़ा और माशूक ने
मारा लठ किनारे गंगा के।
मुँह से बह चला ज़लज़ला-ए-ख़ून।

मैंने भी खाई कसम,
अपने खून का मोल वसूले बिना,
नहीं छोडूँगा।

चने चबाकर नाश्ता कर लिया उसने,
दूध में भिगोकर रखा, पिया मैंने।
हे बादशाह! अनमोल रत्न लाई तेरे लिए।

क्योंकि तू ''गुंडयति'' है
तेरे आश्रय का क्या चुकारा करूँ।
बस एक प्रेमपूर्ण बेवकूफी है।

कहीं पुराने ज़माने में आततायियों का समूह एक निश्चित स्थान पर अपना डेरा जमाए हुए था। चेतना के राही जो चेतना को अनादिकाल से संग्रहित कर वक्त की प्रतीक्षा कर रहे थे। अचानक खबर मिली कि इनका स्थान कहाँ है तो नौ दिव्यकण अपनी मंशा के अभाव में सूक्ष्म में तैर रहे थे। वक्त की नज़ाकत को समझकर ''गुंडयति'' अर्थात् चेतना के समूह को एक बॉल के रूप में लपेटकर

स्थूल काया में प्रवेश कर जाते है। डामर सा काला रंग, स्फटिक से सफेद दाँत और थर्रा देने वाली नीली आँखे सबको भयभीत करने हेतु अपनी ऊँचाई से ऊँचा दंड धारण किए ऐसे गुंडे जो चेतना को बचाने के लिए और शक्तिपात द्वारा शक्ति जागरण करवाकर आततायियों का नाश करने हेतु चेतनाओं को आश्रय में लेते हैं और अपने होने के कवच में धारण करते हैं। वैसे सर्वाधिक पूर्णता को प्राप्त चौंसठ कलाएँ लेकिन इस धारणा काया में बासठ कलाओं का समायोजन किया गया था। बासठ कलाओं से युक्त काया, वाचा, मन क्रियाशक्ति की बढ़ती हुई ताप और तत्काल पश्चात् ठंड और फिर निराकार से बरसती हुई अविरल धारा ऐसे स्वानुभूति को प्राप्त कराती है जैसे कोई नवयौवना अपने प्रियतम के साथ बरसती भादौ की झड़ी में प्रकृति का (जो उन्मुक्त आवरण रहित अर्थात् देहभान से विस्मृत) आनंद लेती है। यह नवयौवना जो अंतःस्फूर्त मूलाधार से प्राकट्य को होती है और उसके होने का भाव (जज़्बात) जब पुरूष जो भृकुटि में पैर पसारे लेटा हुआ रहता है, ब्रह्मरंग से उतरकर नाभि में स्थित कमलदल में चला आता है। प्रकृति की प्रतीक्षा में इस चेतना के खेल को देखने के लिए ‘‘मैं’’ होने का भाव भावातीत

अवस्था को प्राप्त होता है। अब मैं देखता हूँ पुरुष और प्रकृति ने अपनी गोटियाँ जमा ली हैं खेल शुरू होता है, और दांव पर दांव लगाए जाते हैं। कभी कोई जीतता है, कभी कोई हारता है। "मैं" जो "होने का जज़्बा" अपनी मूलाधार शक्ति को जालंधर में कस लेता हूँ। ऐसी अवस्था में दीर्घकुंभक एक प्रहर से कम बर्दाश्त नहीं। मैं पुरुष प्रकृति को निकलने नहीं देता। प्रकृति जो क्रियाशक्ति के रूप में बहने को प्राप्त थी कहती हैं मैं रोज़ तो तुम्हें हिस्सा देती हूँ। मैं कहता हूँ रोज़ आधा ही तो देती हो, आनंद तो पूर्णता का नाम है। आधा तो सुख को कहते हैं। वैसे सुख की मेरे पास कहाँ कमी हैं। रस्साकशी जब बढ़ जाती है अर्थात् जब क्रियाशक्ति सुप्त अवस्था को प्राप्त होना चाहती है, तो देह की समस्त नसें अलग-अलग स्थानों पर कभी चैतन्यता को तो कभी अचेतन को प्राप्त होती हैं। जिस्म को विभिन्न अंगो में प्रकृति के 'होने का भाव' फड़फड़ाहट के रूप में महसूस होता है। कहीं विशेष अंग ठंडा पड़ता है तो कोई गर्म लगता है। खिंचाव के बावजूद एक गहन संतोष और अगले क्षण विभिन्न स्थानों पर मूलाधार से लेकर ब्रह्मरंध्र तक ऐसा लगता है जैसे अनेक सुईयाँ चुभो दी गई हों। एक कसक एक चोट और एक

अंतर्निहित पीड़ाजन्य आह और पश्चात् विश्राम का आत्यंतिक अनुभव। जब प्रकृति को (क्रियाशक्ति) शंका गहरा जाती है तो क्रियाशक्ति प्राणों पर रोक लगा देती हैं। ऐसी अवस्था में मस्तिष्क अचेतन अवस्था को प्राप्त होने लगता है। पाँचो गुण अपने मूल स्वभाव में लीन होने लगते हैं। आवाज़ आती नहीं, स्पर्श महसूस नहीं होता, आँखें बग़ावत कर जाती हैं। स्पर्श, स्पर्शहीनता को प्राप्त कर लेता है। गंध, गंधहीन होकर समस्त दोषों से हट जाती है। ऐसा अगर कोई साधक अपना होश बरकरार रख पाए तो क्रियाशक्ति कसम खाती है साथ नहीं छोड़ने की, वचन देती है साथ चलने का, जगत तमाशा खत्म होकर एकाकारिता का या फिर ब्रह्मरंध्र में जहाँ गंगा बहती है, में विश्राम करने का। ब्रह्मरंध्र में जब क्रियाशक्ति के साथ प्रविष्ट हुआ जाता है, तो तालू में छिपे सात छिद्र और सात छिद्रों की गोलाई के बीच एक छिद्र में प्रविष्टि मिलती है और ज़लज़ला-ए-ख़ून बह निकलता है। मवाद, कफ और धुएँ के पश्चात् गंगा की धारा वाह! क्या बात है। लोहे के चने चबाकर ही कोई ईश्वरीय कृपा के सहारे इस पवित्रतम् दुग्ध सागर में छपाक् कर सकता है! वाह रे वाह गुंडयति तूने मुझे आश्रय में लिया क्या चुकारा करूँ, कल्पमणी देने वाले को क्या

दिया जा सकता है। देने का भाव एक बेवकूफी तो है। बस शत-शत दंडवत् प्रणाम।

अब बार-बार स्मरण में आता रहा है कि यह जो विद्या अप्रकट रही है आने वाले युग का मार्ग प्रशस्त करने के लिए प्रकट की जाए। अभी कुछ आत्माएँ इसे धारण करने लायक हैं जिनका उपयोग कर लिया जाना चाहिए और होने वाले विकारों (पतन) के प्रति सजग रहकर पुनः प्रयास करना चाहिए। मेरे अपने जानने वाले युग में (सत्रह सौ त्रेसठ वर्ष) उच्चतर शक्तिपात मात्र सत्रह आत्माओं पर हुआ है। इनमें से बारह ने वो उच्च अवस्था प्राप्त कर ली। अभी पाँच बाकी है उस स्तर से। कुछ नवीन आत्माएँ प्रवेश के मार्ग पर रुकी हुई हैं। उन्हें आजमाया जा सकता है। इस प्रयोजन से पाँच नई आत्माओं पर गुप्तपात किया है और उन्हें इस बाबत समझाईश दी जा रही है।

अपने व्यवहार में परिवर्तन शुरू हो गए हैं। एक न एक दिन सभी को जाना है तुम भी, मैं भी, सभी जायेंगे ही। देह-रहित आयु बहुत लंबी है पर देह की आयु अधिक नहीं। दृश्य का लोप होकर सूक्ष्म में तैरता

रहूँगा और अपनी नियति को पूर्ण करने हेतु अपनी मर्जी से पुनः देह धारण करूँगा। हाँ ये मेरी पूर्ण जानकारी में होगा जो भी देह धरूँगा मेरे होने का पूर्ण भान होगा। इस दृश्य से अदृश्य होने को लोग मृत्यु कहेंगे। इस हेतु दायित्व कर्तव्य यथायोग्य सौंपकर जो पात्र ग्रहण कर लेंगे उन्हें क्रिया द्वारा अधिकृत कर रहा हूँ। जो ऊपरी स्तर से जुड़े हैं वे भी मेरे अपने ही हैं लेकिन उनकी समझ मात्र देह तक ही सीमित होकर रह जाएगी।

जिन्होंने मुझे आत्मस्तर से स्वीकारा और मेरी मंशा में सहायक होकर समर्पणयुक्त पुरूषार्थ कर रहे हैं उनसे चिन्मय शरीर से यथायोग्य अवसर पर मिलना होता रहेगा। चिन्मय शरीर से समस्त गतिविधियाँ संभव हैं। इसके दो प्रकार बताए जाते हैं। जब चित्त वासना, ईर्ष्या, बदले की भावना, अहंग्रस्त होकर, अंतिम विचारों के अनुसार देह त्यागता है तो भूत योनि में अर्थात् बिना ध्येय के भटकता रहता है और अपने दूषित स्वभाव के अंतर्गत बरतता है। दूसरे, सिद्ध का चित्त शुद्ध, वासनारहित होने के कारण वे सदैव क्रियाशक्ति के अंतर्गत उच्चतर अवस्था हेतु मार्ग प्रशस्त करते हैं और लंबे समय तक रहकर

सृजन में सहायता देते हैं, जगत के संचालन, पालन में सक्रिय योगदान देते हैं।

विदमार अपना कथन पूर्ण करती है–ब्रह्मोहम् तीर्थ जो अपने काल की नियति के अनुरूप पार्थिव देह को त्याग देते हैं और अदृश्यरूपेण अपने काल की प्रतीक्षा करते हुए मेरे समायोजन से प्राप्त भावों को संजोकर विचरण करते है बड़े रूँधे गले से विदमार कहती है, आज से करीब तिरसठ वर्ष पूर्व का वाक़या याद आता है। ब्रह्मोहम् तीर्थ मेरे भावों को समेटे हुए, मेरे द्वारा स्थानांतरित जीवाश्म को पुरातन श्मशान में तलाशने गए। अविरल नवमास तक अथक परिश्रम के पश्चात् उन्हें साढ़े तीन मात्रा के जीवाश्म का पता चल गया। जीवाश्म मिलते ही फिर से वो अदृश्य न हो जाए इस मंशा से मुझे आवाह्न करते है और परिलक्षित होता है एक ताजी घट्ना घट रही है। अतः ब्रह्मोहम् तीर्थजी महाराज ने मेरे साक्षीत्व में वही करीब ही संधान को प्राप्त युगल के द्वारा इन जीवाश्म को भी स्थापित कर दिया। वह पूर्णिमा की रात्रि का अभिजात मुहुर्त था। व्यवस्था ऐसे की गई कि सात पायदान पश्चात् समय के साथ एकादशी को जब चन्द्र वृश्चिक

राशि में स्थित हो, मंगल करने हेतु केतु राहु बारहवें घर को देखकर बालक का जन्म हो, और ऐसा ही हुआ।

जन्म पश्चात् सात पायदान (वर्ष) पूर्ण कर वंशानुगत संस्कार, व्यवस्था (अनुकूलन), योजना, नियति, पुरूषार्थ और निराकार चेतना क्रियाशील हो गए और अनायास ही उस बालक को यौगिक क्रिया, भविष्य, वर्तमान, अतीत का तदन्तर भान शुरू हो गया। तीर्थ अब नाथ संप्रदाय के अंतर्गत बालक रूप में प्रवृत्त हो गए। नाथ बनने हेतु अनेक कारणों को पूर्ण करने के लिए अपने निहित पूर्व संस्कारों को सहेजकर अनेक धाराओं को अपने आप में समाहित करते गए। नाथ तक पहुँचने के लिए आवश्यक योगमुद्रा, शाबरी मंत्र की प्राप्ति होती रही। क्रियाशक्ति समय-समय पर अपनी पूर्ण शक्ति के साथ बरसती रही, दूसरी तरफ कष्ट, पीड़ा, क्लेश, प्रवंचना की भरमार। परीक्षा और परीक्षा, मंजिल हर कदम पर सामने है फिर भी एक-एक कदम उठते ही मंजिल एक-एक कदम आगे खिसक जाती है। कोई समझता नहीं या समझकर भी समझना नहीं चाहता। भरोसा, श्रद्धा का नितांत अभाव है फिर भी दावा भरने वालों की कमी भी तो नहीं।

राखाल से यहाँ तक का एवं बासठ वर्ष पूर्व से अब तक का सफर कोई मज़ाक नहीं है। भाग्य और ईश्वर कृपा से नाथ की शरण मिल ही गई इसलिए जो प्रामाणिकता से सर्वहिताय घट रहा है, घट ही जायेगा, परिणाम नाथ ही जाने। एक संदेश है-

करना कराना तो प्यार ही चाहता हूँ,
ठीक नाथ-सा बेखौफ चलना चाहता हूँ।
मेरे सभी जन्म सत्य से सराबोर थे, हैं,
वो सभी वाक़ये सुनाना चाहता हूँ।

पारदर्शी क्रियाशक्ति की बातें कीजिए
बार-बार स्वीकारने की बात चाहता हूँ।
प्यार का मौसम कब आएगा?
नाथ ही जाने, शक्तिपात का युग चाहता हूँ।
करना कराना तो प्यार ही चाहता हूँ,
ठीक नाथ-सा बेखौफ चलना चाहता हूँ।

औलिया सफर एक ऐसी यात्रा है जिसमें गहन कठिन, शारीरिक, मानसिक, आत्मिक श्रम की गरज होती

है। जब कोई भौतिक सीमाओं और अन्ततः अपेक्षाओं से उपर उठकर सर्वजीव के हित हेतु आध्यात्मिक दृष्टिकोण से यशस्वीयता को देते हैं तो जीवन का सामान्य अर्थ ही बदल जाता है। आध्यात्मिकता (क्रियाशक्ति) का भान जीवन में श्रेष्ठ मानवीय संभावना और भावना को संभव बनाता है। भीतर से समुद्र जितना गहरा और बाहर से आकाश जितना व्यापक कर समृद्धि को पाता है। यही समृद्धि ईश्वरीय तत्वों को उजाग़र करती है। जहाँ भी नज़र जाती है, जो भी करते हैं, अनुभवते हैं अनुभूति और अनुभूतता संग रहती ही है। अर्थात् शाश्वत् परमतत्व के दर्शन, स्पर्शन होते हैं। लेकिन नाथ की मंशा को क्या कहा जाए, अगर नाथ ऐसा ही चाहते हैं तो पूर्ण स्वीकारोक्ति है और पुनः क्रियाशक्ति को पूर्णतः सौंप देते हैं।

अर्ज़ किया है–

मेरे इश्क़ के हमसफ़र थे बहुत,
मुझसे फिर भी ख़फ़ा थे बहुत।
तिनका-तिनका बिखर गए,
आँधियों में बिछड़ गए बहुत।

वो शख़्स चैन चुरा ले गया,
वो हमसफर भला था बहुत।
फड़फड़ाता रहता हूँ अब क़ैद में,
मैं परिंदा उड़ा था बहुत।
तिनका-तिनका रोशन हुआ,
फिर भी आग में जला था बहुत।
ख़ूने दिल से यह वाक़या लिखा,
एक न एक दिन रंग लाएगा बहुत।

ध्यानमूलं गुरोर्मूर्तिः पूजामूलं गुरोः पद्म्।
मंत्रमूलं गुरोर्वाक्यं मोक्षमूलं गुरोः कृपा।।

"विराट" के विषय में विलम्ब से दो शब्द

अतिवन्दन उस अद्वितीय चेतन शक्ति विराट को। "विराट" श्री प्रभाकर केशवराव मोतीवाले 'बापू' द्वारा रचित एक अमूल्य लेखन है जिसमें अंतिम सत्य की प्राप्ति के अति गूढ़ रहस्य को सरल एवं स्पष्ट शब्दों द्वारा प्रस्तुत किया गया है। यह साधक के साधनापथ के दौरान उठने वाले प्रश्नों का विराट के श्रीमुख से समाधान है।

"विराट में देह से आत्मा, आत्मा से चेतना, चेतना से अस्तित्व, अस्तित्व से अनास्तित्व व अनास्तित्व से विराट में प्रविष्ट होने को स्पष्ट किया गया है। लेखक ने सगुण साकार एवं निर्गुण निराकार दोनों किनारों की प्राप्ति के लिए जिज्ञासाओं के समाधान का समावेश किया है।

मानव जीवन का प्रयोजन है–इस देह के माध्यम से इस लघु चेतना द्वारा विराट में समाहित होना। इसी प्रयोजन को मैं कौन हूँ? मैं कहाँ से आई हूँ? मुझे कहाँ जाना है? मुझे क्यों जाना है? इन मूलभूत प्रश्नों के चिंतन द्वारा स्पष्ट किया गया है।

बापू के शब्दों में, ''मेरा प्रयोजन यही है कि जिस विराट ब्रह्माण्ड (अण्डकोष) से मैं निकला फिर प्रकृति (चैतन्यता) के गर्भ में आया, जिस अनुभूति को अनुभूत करने (पुरुष एवं प्रकृति) हेतु मैंने (चेतना ने) स्थूल रुप धारण किया उसे माया के संसर्ग से भुला दिया गया। उस अनुभूति को पुनः प्राप्त करना यही प्रयोजन है'' और यही हमारा लक्ष्य होना चाहिए।

शरीर भाव से आत्मभाव का एक ही मंत्र है,

देहो अहं नास्ति, ब्रम्हो अहं आस्ति। इस मंत्र की सही समझ से दृढ़तापूर्वक एवं बोधपूर्वक स्वीकारोक्ति ही हमें 'स्वानुभव' करा सकती है। शरीर, बुद्धि, मन, विचार से परे वह अस्तित्व जो अहंकार से रहित ब्रह्म है वही मैं हूँ इसका बोध और उसमें स्थित होना यही मूल सत्य है। पुरुष प्रकृति के मिलन से (कारण) बीज का रोपण होता है और स्वानुभव के द्वारा अपने मूल स्त्रोत तक पहुँचकर विराट में समागम ही मानव का एकमेव लक्ष्य होना चाहिए। लक्ष्य प्राप्ति हेतु पूर्व तैयारी ज़रुरी है। अंतर्बाह्य (स्थूल, सूक्ष्म) अभेदना, दृढ़ इच्छा शक्ति, समर्पण एवं सही समझ इन मूलभूत बातों को विशेष रुप से समझाया है।

स्थूल शरीर एवं सूक्ष्म शरीर के आवरण अर्थात् अष्टपाश कुल, जाति, शील, लज्जा, मान, अभिमान, क्रोध, ईर्ष्या एवं सूक्ष्म के मन, बुद्धि, चित्त अहंकार ये हटाने के पश्चात् ही आत्मा में आत्मा का रमण होता है।

जब लघु चेतना और सूक्ष्म के आवरणों को निर्भय होकर, बिना किसी संशय-शंका के, स्वेच्छापूर्ण हटाने को राजी हो जाए तो उसी को समर्पण कहा गया है। "मैं" व्यक्तिगतता मन के तर्क-वितर्क, देहासक्ति वासना आदि को लेकर यह "कारण" तक की सूक्ष्मतम यात्रा कतई संभव नहीं है इस बात को मनपूर्वक मानकर तदनुसार आचरण करना इसी को सही समझ कहा गया है।

खुदा को ढूँढने निकला था,
जन्नत से जहन्नुम तक
कहीं न मिला मुझको,
गुज़रा हर हद तक।

जब खुद को ढूँढा
खुद मिट गया उस हद तक,
समझ गया खुदा आता नहीं,
खुद के मिटने तक!!!

अध्यात्म का प्रारंभ होता है अहं की समाप्ति से। आत्मीय संग करके सही समझ द्वारा अहंभाव के गलने और परमात्मा की स्वीकारोक्ति से विराट तक पहुँचा जा सकता है। प्रतिकूल परिस्थिति में, अपमान, तिरस्कार की आत्यंतिक अवस्था में दृढ़ निश्चय के साथ विराट की खोज और समागम यही बापू के आधारभूत सत्य है।

विराट में विराट तक की यात्रा की अवस्थाओं को सरल उदाहरणों द्वारा स्पष्ट किया गया है। सर्वप्रथम देहो अहं ''मैं हूँ'' अवस्था से ब्रह्मो अहं आस्ति अर्थात् ''मैं ही ब्रह्म हूँ'' अवस्था में पदार्पण होता है। इसके पश्चात् ''मैं चेतना हूँ'' फिर ''हूँ'' (अस्तित्व) इसके बाद अस्तित्व से अनास्तित्व (अर्थात् कहीं कुछ भी नहीं) फिर परमात्मा और उसके पश्चात् विराट इन अवस्थाओं का विस्तारपूर्वक रोचक वर्णन प्रश्नोत्तर के माध्यम से किया गया है।

निरन्तर ध्यान द्वारा ''मैं हूँ'' का भान धीरे-धीरे नीचे बैठता जाएगा और संकीर्ण ''मैं हूँ'' विराट चेतना में मिलता जाएगा। जब ''मैं पना'' छूटकर विराट की स्वीकृति घटित होती है तो प्रारब्ध खत्म हो जाते हैं। प्रयाण इसी पर आधारित है कि तथाकथित मृत्यु के समय हम कौन-सी पहचान रख पाएँगे, देह की या अस्तित्व की?

निराकार प्रकृति से पंचतत्व–आकाश, वायु, अग्नि, जल, पृथ्वी एवं सूर्य, चन्द्र, जीवात्मा उत्पन्न होते हैं और इसी से शरीर अर्थात् आकार की उत्पत्ति हुई है। उस उत्पत्ति के क्षण को अनुभूत करने का नाम ज्ञान है। यह ज्ञान एक पल में घटित हो सकता है बस दृढ़तापूर्वक स्वीकारने की गरज चाहिए। निजिध्यासन, निरन्तर चिंतन व गहन ध्यान द्वारा अपने मूल स्त्रोत तक पहुँचा जा सकता है। देहभाव को अस्वीकार कर मैं (चेतना) इस पंचभूत शरीर में हूँ परंतु मैं शरीर नहीं यह स्वीकार करना होगा। जब समस्त अभिलाषाओं का अंतर्प्रकृति में अंत हो जाता है तो जो शेष बचता है वह शुद्ध अस्तित्व है। शुद्ध अस्तित्व का कोई कर्तव्य नहीं होता क्येंकि जन्म–मृत्यु ये मैं हूँ अर्थात् देह के गुण हैं। शुद्ध अस्तित्व इनसे परे है।

सत्संग अर्थात् बीज बो दिए तो पुरुषार्थपूर्वक (जड़े जमने तक) बाहरी तत्वों (क्रोध, ईर्ष्या, द्वेष, वासना) आदि से उसका रक्षण करना चाहिए। दया, करुणा, प्रेमरुपी खाद डालकर उसे परवान चढ़ाना चाहिए। जैसे ही बीज फूटेगा वृक्ष की संभावना बढ़ जाएगी और फिर प्रत्येक हृदय में बीज रोपण होगा। बीज को संजोकर रखना यही हमारा ''कारण'' है। इसलिए आत्मीय संग करके सत्संग हृदयपूर्वक सुनकर गहन ध्यान में उतरना है और ''कारण'' से ''महाकारण'' (विराट) तक की यात्रा तय करनी है। यही इस पुस्तक का संदेश है। पुस्तक अत्यंत ज्ञानवर्धक एवं रोचक है। सिर्फ पढ़कर इसे उन अनमोल धरोहरों में शमिल न करे। इसे गहन ध्यान, चिंतन, मनन (मन–न) व आचरण में लाकर उस विराट चेतना में समाहित हो जाएँ यही लेखक का उद्देश्य है।

– किटी जॉन्सन

"अस्तित्व" के विषय में दो शब्द

कब तक रुके रहोगे
ज़िंदगी चार दिन की
दो आरज़ू में, दो इंतज़ार में
बीत न जाए।

एक दुर्लभ अनुभूति, दुर्लभ उपस्थिति उन अनुभूतियों की जो अनुभूत हो गई उन वीरानों से या उन दुर्गम घाटियों से। भीतर उतरता हुआ एक जलजला बिखेरता गया उस महकती हुई गंध को जिनमें बसे हैं युगों से प्रतीक्षारत् सप्त भूवन सप्त लोकों की चांदनी निकल पड़ी है जीवात्मा को पूर्णकाम करने हेतु। अस्तित्व का होना और उसे अनुभूत करना भी ठीक वैसे ही है जैसे नृत्य और नर्तक का होना। नृत्य-नर्तक कभी भी अलग नहीं किए जा सकते ठीक उसी तरह अस्तित्व और उसकी अनुभूति को अनुभूत होना अलग नहीं कर सकते।

आज का समाज जीवन से भयभीत डरा हुआ, लोगों की वह जमात है जो मुर्दों को, बुतों को पूजकर समझता है वह ज़िंदा है। मुर्दों के प्रति की गयी धारणा, व्यवहार की पूर्ण स्वतंत्रता है इस समाज में क्योंकि बुत, मुर्दे प्रतिकार नहीं करते। जब चाहे ठोकर मार दो जब चाहे प्यार कर लो। पाषाण पूजते-पूजते पूजने वाले भी पाषाण हो गए, परिवर्तन से कोसों दूर। कोई बिरला ही जिसके जज़्बात ज़िंदा हों ज़िंदे को, "सही समझ" को अपना सकता है। ज़िंदा जज़्बात एक महानद बनकर बह

निकलता है और हम उससे अनजान, आँखें मूँदें चुपचाप नर्मदा गोटे समान पड़े हुए हैं। ना तो हम भीजते है ना तो सीजते हैं। किनारे पड़े हुए हैं युगों से युगों तक। जिन खोजा तिन पाईया, परमात्मा बैठे-ठाले नहीं मिलता ना ही करने से।

बापू हमारी आँखें खोलने के दुःसाध्य कार्य में संलग्न है। ''स्व'' की निजसत्ता को कैसे पाया जाए हमें बता रहे हैं। मात्र बता ही नहीं रहे समझाकर वह हौसला बुलंद करवा रहे हैं कि जीवन निम्न अवस्था से कैसे उच्चतर अवस्था को प्राप्त कर सकता है। एक वक्त था यहाँ ज़िंदा लोग बसते थे आज मुर्दो की क़ब्रगाह बन गया है। आज बेहोशी का अखण्ड साम्राज्य फैला दिखता है। आलस्य, मूर्छा, मोह-मद में डूबे लोग और उन्हें उनकी मर्जी के विरुद्ध जगाने का प्रयास। ऐसा थोड़े ही है कि इसके पूर्व यह कार्य किसी और ने नहीं किया। बुद्ध, महावीर, क्राईस्ट, निसर्गदत्त महाराज, रमण महर्षि, परमहंस आदि कैसे साधारण से लोग थे परंतु कितने असाधारण थे कि अस्तित्व के विधान के अधीन रहकर अस्तित्व की खोज (''स्व'') कर ली और परम नियम को जानकर उसमें एकाकार हो गए। आज उनकी साधना के विषय में हम अधिक नहीं जानते, यह विडम्बना नहीं तो और क्या है? हमें कुछ ज्ञात नहीं और समझते हैं हम सब जानते हैं। यथार्थ ज्ञान तो सभी को है जैसे कुछ साथ नहीं जाता, शरीर नाशवान है, सुखः-दुःख आते-जाते हैं, मरणोपरांत बहुत क्लेश होते हैं आदि-आदि। लेकिन भान कहाँ है? अगर भान होता तो इससे निजात पाने का कुछ तो सोच घटित होता। सत्य जानना ही कोई ज्ञान थोड़े ही

है। इन्हीं समस्त विचारों को यथार्थ रुप से पूर्वजन्म के संस्कार, इस जन्म की घटनाएँ साथ ही साथ भविष्य को सँवारने का तरीक़ा एवं इनके जीवन पर पड़ने वाले प्रभावों का यथार्थ दर्शन (दुःख, कष्ट, क्लेश) अकारण से कारण तक की यात्रा की अनुभूतियों को पिरोकर हमारे समक्ष अस्तित्व के माध्यम से रखा है।

''अस्तित्व'' –'अ' अर्थात् अविनाशी या यूँ कहे शिवतत्व, 'स्तित्' अर्थात् जो नूतन, पुरातन, सनातन है और 'व' अर्थात् वर्णनातीत। ऐसे अविनाशी, नूतन, पुरातन, सनातन वर्णनातीत ''अस्तित्व'' को अस्तित्व में लाने वाले श्री प्रभाकर केशवराव मोतीवाले 'बापू' सहज, सरल व्यक्तित्व के धनी है।

बापू ने ''अस्तित्व'' में अपनी ''अनंतयात्रा'' के मध्यान्तर में जीव से शिव में परिवर्तन की यात्रा के दौरान साधना–काल की अनुभूतियों को अत्यंत प्रामाणिकता एवं रोचकता के साथ प्रस्तुत किया है। पुस्तक में छियासठ स्मृतियों के माध्यम से इस मध्यान्तर की बाल्यावस्था से वर्तमान तक घटित स्वानुभूतियों को एक माला में पिरोकर पाठकों के सम्मुख रखा गया है। इन स्मृतियों में प्रतीकात्मक चित्रों एवं सरल अभंगों द्वारा अन्तर–अवस्था को अभिव्यक्त किया गया है। पाठकों को उनकी रहस्यमयी एवं रोमांचकारी स्वानुभूतियों के साथ तादात्म्य स्थापित करने में निश्चय ही इन चित्रों का विशेष योगदान है। अस्तित्व एक रोचक उपन्यास के रुप में बन पड़ा है। जिसमें रहस्य और रोमांच के साथ बड़े ही प्रभावपूर्ण व सरलता से मानव जीवन के उद्देश्य के प्रति चैतन्य व अग्रसर किया गया है।

उन्हीं के शब्दों में-

सौ बरस की ज़िंदगी,
सौ-सौ टुकड़ों में बटी।
एक छेनी, एक हथौड़ी,
कण-कण टूटे
क्या ज़िंदगी?

रोना-धोना, आपा खोना
घुट-घुट जीना
कण-कण ज़हर पीना,
अकारथ जीना
क्या ज़िंदगी?

प्रेम-पाश न जकड़ सके,
ठोकर-ठोकर पर न सुधर सके।
ज़ार-ज़ार बिलखे रोये,
लेकिन सागर न भर सके।
यूँ चल देने में क्या तुक,
पुनरावृत्ति............
क्या ज़िंदगी?

मानव जीवन का उद्देश्य क्या है? मानव जीवन का उद्देश्य है-मैं कौन हूँ? क्या हूँ? मैं कहाँ से आया हूँ? मुझे कहाँ जाना है? ऐसे अति गूढ़ रहस्यों की तह में जाकर अपने 'होने के' अपने अस्तित्व के 'कारण' को समझना एवं जानना। 'कारण' को जानने के पश्चात् ही प्रयाण का वृहद मार्ग प्रशस्त होता है। इन रहस्यमय प्रश्नों के उत्तर खोजने हेतु जीवन का प्रवृत्ति से निवृत्ति की ओर

सहज रुप से गमन करना। पुस्तक में इन छाछठ स्मृतियों के माध्यम से यही बताने का प्रयास किया है कि मनुष्य जब जन्म लेता है तो वह एक साधरण जीव के रुप में अपना सफर, अपनी जीवन यात्रा शुरु करता है। न तो वह खुद को जानता है, न वह ख़ुदा को पहचानता है और न ही वह अपने जीवन का उद्देश्य जानता है। बापू अभंग द्वारा इसी उद्देश्य की और इंगित कर रहे हैं-

धर्म का चक्का रुक रहा है।
जो चलता है, एक बार रुकता ज़रुर है।
जो उठता है, एक बार गिरता ज़रुर है।

प्रकृति की नियति, उठना-गिरना ही है।
प्रकृति की नियति, बनना-बिगड़ना ही है।
प्रकृति की नियति, तुमको समझना ही है।

तुम वही हो, जिसे मैंने पाया है।
तुम वही हो, जिसे धर्म चलाना है।
तुम वही हो, जिस पर मैनें भरोसा किया है।
धर्म का चक्का रुक रहा है, उसे तुम्हें चलाना है।

यहाँ निजता से व्यापकता की ओर ले जाते हुए लेखक बता रहे हैं कि यही साधारण मानव जो जीवदशा का मारा हुआ है, चाहे तो जीव से शिव तक का सफर तय कर सकता है। इसके लिए चाहिए दृढ़ इच्छाशक्ति, सही समझ एवं आंत्मीयसंग। अनुकूलता हो या प्रतिकूलता, संघर्ष हो या शांति, हर समय-काल-परिस्थिति में उस 'कारण' तक पहुँचने की अन्तर-अभीप्सा हो तो वह इसी मध्यान्तर में अपनी अनंतयात्रा के सफर को पूर्ण विराम लगा सकता है।

वेद-पुराणों में, प्राचीन ग्रंथों में चाहे वो भगवद् गीता हो या श्री योगवसिष्ठ हो, सभी में आत्मीयसंग की महिमा का महत्व एवं उल्लेख मिलता है। पुस्तक ''अस्तित्व'' के माध्यम से आत्मीयसंग के महत्व एवं आवश्यकता को पुनः स्मरण करते हुए स्वानुभव द्वारा दर्शाया है कि आत्मीय हमें हमारे 'होने का' बोध कराता है और शेष सब हम पर छोड़ देता है। उसके पास किसी प्रकार का कोई आग्रह नहीं है, वह तो समस्त आग्रहों से मुक्ति का मंत्रदाता है। सहज निराग्रह जीवन का विश्वासी। श्रीरामकृष्ण परमहंस ने इसी आत्मीयता को 'बकलमा' नाम दिया है।

बापू के शब्दों में ''संत, सिद्ध पुरुषों द्वारा दिया आशीर्वाद एवं साधना द्वारा अनुभूत तेज को संभालकर, संजोकर रखना ये साधकों का काम है। साधक के नसीब में अगर कोई आत्मीय है तो वही इन आशीर्वाद एवं तेज को साधक के अन्तर में संजोने का कार्य कर सकता है वरना साधक इसे अपने आप नहीं संजो सकते।'' इसलिए जीवन में किसी आत्मीय का होना नितान्त ज़रुरी है। आत्मीय, ये चेतना की ज़रुरत है।

जहाँ वर्णनातीत प्रेम बहता है।
जहाँ आगोश आत्मीयता है।
जहाँ शक्ति, श्रद्धा होती है।
वही से सफर तय होता है।

एक और अभंग द्वारा बापू आत्मीयता को अभिव्यक्त करते हुए कहते हैं-

आत्मीय गुरु वह स्पर्श सहारा है,
जो त्रिताप से, अंधकार से बचा लेता है।

जीवन क्या है? अस्तित्व द्वारा दर्शाने का प्रयास किया है कि जीवन प्रेम की सहज परिणति है। यही प्रेम लेखक के चिंतन का मूल स्त्रोत है। जहाँ-जहाँ भी हृदय प्रेम के लिए लालायित है, वहीं हृदयतंत्री बज उठेगी। समय, स्थान, देश, काल, परिस्थिति इसमें बाधक नहीं बनते न ही व्यवधान उत्पन्न करते हैं। प्रेम इन सबके अतीत है। प्रेम में दूरियाँ मिट जाती हैं। दूरी नाप-जोख़ है मस्तिष्क का, बुद्धि का और हृदय तो सात समंदर लांघ लेता है क्योंकि हृदय दुस्साहस करना जानता है। बुद्धि तो कायर है, डरती है, झिझकती है और यह सफर कायरों का नहीं है। यह सफर तो परवानों का है। सच्चे प्रेमी के उद्गार हैं-

प्रेम वासना से परे,
"एकत्व" का परिणाम होता है।
प्रेम लेने के लिए नहीं,
प्रेम देने के लिए होता है।

प्रेम बनाने का नहीं,
अपितु मिट जाने का नाम है।
बापू के शब्दों में-

प्रेम एक स्वानुभव है।
ईश्वर एक स्वानुभव है।

प्रेम दो के एक हो जाने को कहते हैं।
ईश्वर दो के 'एकीभाव' को कहते हैं।
प्रेम और ईश्वर एक सिक्के के दो पहलू हैं।

जिनके हृदय में परमात्मा को जानने की प्यास जगी हो, या हृदय में शांत होने की आकांक्षा ने जन्म लिया है, या फिर हृदय में आनंद को उपलब्ध होने की अभीप्सा हो, उन सभी के लिए कुछ आधारभूत बातें ख्याल में रख लेना ज़रुरी है। यदि उन बातों पर ध्यान न दिया जाय तो इस दिशा में अर्थात् आनंद की, शांति की, परमात्मा की दिशा में कोई भी प्रयास सफल नहीं हो पाता। "अस्तित्व" में बापू ने सरल, सुग्राह्य शब्दों में अभिव्यक्ति द्वारा इन्हीं आधारभूत बातों को पाठकों के समक्ष रखा है, जो प्रत्येक के लिए अत्यंत उपयोगी सिद्ध होगा। बापू कहते हैं–

साधक की अभीप्सा है,
अनुभव कैसे आए?
अपने जीवन को,
ज्योतिर्मय कैसे किया जाए?
प्रेम करो ज़िंदा वजूद से,
धड़कन के साथ धड़क जाओ।
मद्धिम ध्वनि जो मूलाधार से निकलती है,
उसे ध्यान से सुनो।

छूकर मेरे प्राणों को,
अपने प्राण उज्जवल करो।
प्राणों से प्राणों की खटाक् हो
और ज्योति ज्योतिर्मय हो।

बापू कहते हैं, "बादशाहत जड़ पर नहीं होती, दिल पर राज करो। कुछ ऐसी हरकत करो, जिससे चेतना चैतन्य हो और एक नये चैतन्य का निर्माण हो।"

अपने अंतर की पीड़ा को दर्शाते हुए उनके निम्न उद्‌गार अन्दर तक झकझोरते हैं-

"शारीरिक कष्ट और मानसिक पीड़ा का निराकरण तो हो जाता है। कोई सहायता भी कर देता है क्योंकि दृश्यमान है। परंतु क्लेश आत्मा से जुडे होते हैं और आत्मा की भाषा कौन समझ पाता है?" अपनी अन्तर्व्यथा को अभिव्यक्त करते हुए कहते हैं-

अब ज़माना बुरा आया
सूक्ष्म न जाने कोई।
हृदय की बात हृदय में रही,
प्रेम न पहचाने कोई।

लोग माने शरीर को,
आत्मा न माने कोई।
करुँ अब मैं आचरण ऐसा।
प्रेम अभिव्यक्ति होई।

"अस्तित्व" में बापू ने 'मुद्रायोग' के विषय में विस्तारपूर्वक चर्चा की है। मुद्रायोग शाबरी विद्या के अन्तर्गत मंत्रमुद्राओं की श्रृंखला है। यह विद्या लुप्तप्राय है। पुस्तक में उन्होंने खेचरीमुद्रा सिद्धि तत्पश्चात् ब्रह्मरसपान की स्वानुभूति को अपनी लेखनी द्वारा आबद्ध किया है। पुस्तक वाचन के दौरान हम किसी अद्‌भुत, रहस्यात्मक वैचारिक विश्व में भ्रमण करते हैं। सूक्ष्मजगत, नागलोक

आदि की दिव्यात्माओं से मिलना, वार्तालाप, एवं मार्गदर्शन सब अपनेआप में रोमांचकारी एवं रोचक है। पितृलोक, नागलोक, पाताललोक, सिद्धलोक, सूक्ष्मजगत आदि ब्रह्माण्ड के रहस्यमय, अदृश्य, अद्वितीय स्थानों की यात्रा एवं उनका प्रामाणिक वर्णन दुर्लभ है। पुस्तक में सम्मिलित चित्र उन रहस्यात्मक लोकों एवं स्थानों का दृश्य आँखों के समक्ष खींचने में समर्थ हैं।

"अस्तित्व" की महिमा की थाह बुद्धि से कदापि नहीं लगाई जा सकती है। ऐसे अनेकानेक प्रसंग हो सकते है, जहाँ सामान्यतः सहमति बन पाना मुश्किल लगे। परंतु प्रकृति एवं विराट की प्रेरणा से अनुभूत विषयों को लौकिक तर्कों से नहीं तौला जा सकता।

साधना-काल व आत्मसाक्षात्कार के विषय में बापू कहते हैं कि प्रत्येक जीव अपने आप में एक Unique Production है इसलिए प्रत्येक की स्वानुभूति अलग-अलग होती है। प्रत्येक चेतना अपनेआप को स्वयं के अनुसार अभिव्यक्त करती है। इसके बावजूद यह पुस्तक ऐसे प्रेरणात्मक मार्गदर्शन का नवीनतम उद्घोष है। पुस्तक को पठनीय एवं रोचक बनाकर सामान्य समझ की परिधि में रखा गया है। यह पुस्तक वास्तव में चिरस्मरणीय एवं संग्रहणीय है।

– मांडवी नारायणन

“उत्पत्ति का रहस्य” के विषय में दो शब्द

“उत्पत्ति का रहस्य”, बापू की नवीनतम कृति हाथों में थामे मैं अत्यंत रोमांचित थी। इसका विशेष कारण प्रस्तुत पुस्तक के शीर्षक में छुपा हुआ था। यूँ तो पठन-पाठन में आरंभ से ही रुचि रही है। कुछ वर्षों पूर्व तक यह पठन-पाठन उत्कृष्ट साहित्यिक ग्रंथों तक सीमित था इसके बावजूद, अन्तर्मुखी प्रवृति होने की वजह से संसार की उत्पत्ति, स्वयं की उत्पत्ति, परमात्मा, प्रेम आदि गूढ़ रहस्यात्मक विषयों की जिज्ञासा समय-समय पर अन्तर से उभर कर आती ही रहती थी। सहज स्वभाव के अंतर्गत मानव मन सदियों से ही प्रकृति की उत्पत्ति जन्म-मृत्यु का रहस्य, आत्मा क्या है? परमात्मा प्राप्ति कैसे हो आदि रहस्यमय प्रश्नों के उत्तर खोजने हेतु उत्सुक रहा है। इस स्वाभाविक जिज्ञासा से पुस्तक पढ़ने को प्रवृत्त हुई तो पुस्तक कब पूर्ण हुई पता ही नहीं चला। जैसे-जैसे पृष्ठ दर पृष्ठ आगे बढ़ती गई, समझ पक्की होती गई कि सरल, सहज, प्रेमपूर्ण व्यक्तित्व के धनी बापू द्वारा स्वयं की स्वानुभूति को अत्यंत प्रामाणिकता के साथ प्रेरणादायक मार्गदर्शन के रुप में प्रस्तुत किया गया है।

वैदिक एवं उपनिषदिक काल में जब अध्यात्म अपने सर्वोच्च शिखर पर आसीन था तब से ही यह सर्व-विदित सत्य है कि प्रकृति का आधार निराकार परब्रह्म है। ब्रह्माण्ड की उत्पत्ति, स्थिति एवं विनाश की लीला-तरंगों में स्वयं डूबते-उतरते उसे अनुभूत करते हुए भी साक्षीत्व को कायम रखकर उस रहस्य को जानने को प्राप्त होना, वास्तव में अनुपम, अनमोल उपलब्धि है। बापू द्वारा इस ग्रंथ के

माध्यम से ऐसी अनेक जिज्ञासाओं का मात्र शमन ही नहीं किया गया है अपितु परमात्मा से एकाकारिता की स्वानुभूति को मानव मात्र के उद्धार हेतु लेखनी में आबद्ध कर ज्ञानवर्धक एवं रोचक रुप में प्रस्तुत किया है। ज्ञानपरक ग्रंथ होने के बावजूद इसमें भक्ति व कर्म की आवश्यकता पर बल दिया गया है।

परम सत्य क्या है? सृष्टि में सर्वत्र परमात्म्य स्वरुप चेतना ही व्याप्त है। जीव के होने का मूल आधार है निराकार परब्रह्म। आकार, रुप नष्ट होकर जिस तत्व में एकरुप होते हैं एवं आकार, रुप दृश्यमान होने को प्रवृत्त होते हैं तब जिस तत्व से प्रस्फुटित होते हैं वही हैं निराकार परब्रह्म। यही वह तत्व है जो आकार के, दृश्यमान के रुप लेने के पूर्व से ही विद्यमान है। मुख्य प्रश्न यह है कि साधारण मानव को इस परम-सत्य की अनुभूति कैसे हो? सदियों से चेतना पर परत-दर-परत आवरण चढ़ने से जीव ने सृष्टि को खण्ड-खण्ड विभाजन कर इसके मूल स्वरुप को विकृत कर दिया है। प्रस्तुत ग्रंथ में बापू ने मानव मन की गहराई में जाकर पूर्ण मन व खण्डित मन के लक्षणों को विस्तारपूर्वक परिलक्षित कर साधकों के समक्ष प्रस्तुत किया है। इसके द्वारा साधक सहज आत्मावलोकन कर "मन" से ऊपर उठने को प्रवृत्त होता है।

पराशक्ति की उत्पत्ति का रहस्य एवं उसका चेतना के रुप में कण-कण में व्याप्त होना अर्थात् बापू के शब्दों में "जीव का जीवगतता से आत्मगतता, आत्मगतता से दिव्यात्मगतता, दिव्यात्मगतता से परमात्मगतता का सफर तय कर "परमगतता" में स्थित होना यही मानव

जीवन का उद्देश्य है, यही परमानंद की स्थिति को प्राप्त होना है।'' प्रस्तुत ग्रंथ में इस सफर को तय करने का सरल मार्ग प्रस्तुत किया है जो आधुनिक मानव समाज के लिए सर्वथा उपयुक्त व आचरण में लाने योग्य है। उनके अनुसार सर्वप्रथम साधारण मानव को अपनी साधारण सांसारिक समझ से ऊपर उठकर सही समझ हेतु विचारमार्ग का अवलम्बन करना होगा। इसे चिंतन द्वारा सुन्दर, सरल, तथ्यपरक एवं रोचक ढंग से प्रस्तुत किया गया है। विषय-वस्तु को श्रीमद् भागवद महापुराण, श्री भागवत गीता, श्री योग वसिष्ठ आदि पौराणिक ग्रंथों के दृष्टांतों द्वारा सरलता से सुग्राह्य बनाया है। विचारमार्ग द्वारा साधक आचरण करके विवेकवान, वैराग्यवान होकर परमानन्द की प्राप्ति सुगमता से कर सकता है।

साधारणतया सत्संग सुनकर अथवा पौराणिक ग्रंथों के वाचन द्वारा सामान्य मानस वर्ग इस बात को मात्र दोहराते नज़र आते हैं कि ''करने-कराने वाला एकमात्र परमात्मा है, व्यक्तिशः दोषी कोई नहीं होता।'' परंतु व्यवहार में विपरीतता ही दृष्टिगोचर होती है। बापू स्वानुभूति के माध्यम से अधिकारपूर्वक जन मानस की जिज्ञासा का शमन करते हुए रहस्य उद्घाटित कर रहें है कि जीवात्मा पाँच घटकों से मिलकर बना है, वंशानुगत संस्कार, व्यवस्था (अनुकूलन), योजना, नियति एवं निराकार परब्रह्म। ये घटक ही उसके साथ होने वाली प्रत्येक घटना के जिम्मेदार हैं इसलिए व्यक्तिशः दोषी कोई नहीं होता। जीव अब इस सही समझ के साथ समर्पणात्मक पुरुषार्थ द्वारा जीवात्मा से ऊपर उठकर आत्मभाव में प्रवेश कर सकता है।

समर्पणात्मक पुरुषार्थ की महत्ता प्रतिपादित करते हुए बापू कह रहें है–

शिष्य अगर स्वयं मिटने को राज़ी हो,
तो गुरु उसके अन्दर से बोलने लगता है।
शिष्य अगर झुकने को राज़ी हो,
तो गुरु आत्मा में बस जाता है।

फिर गुरु से प्रेम करने को उसे
शरीर का सहारा नहीं लेना पड़ता।
सत्य धारणा कहती है कि
ऐसे गुरु–शिष्य के संबंध को ही
आत्मीय कहा गया है।।

देह को ही सर्वस्व जानने एवं मानने वाली इस इक्कीसवी सदी के मानव को बापू ने अपनी विशाल, दूरगामी दृष्टि से आगे आने वाले काल को पहचानकर आत्मज्ञान की साधना हेतु प्रवृत्तकर प्रेरणादायी मार्गदर्शक के रुप में प्रस्तुत किया गया है।

प्रस्तुत ग्रंथ का वाचन कर चिंतन, मनन पश्चात् समझ में आता है कि अध्यात्म एक अनुसंधान है। बापू के शब्दों में विराट के रहस्यों को समझना, जानना और अनुभूति को अनुभूत करना ये उच्चतर महामानव की अवस्था है। इसी अवस्था को प्राप्त होने हेतु अध्यात्म का यह कर्तव्य है कि वह अपने ''कारण'' के पश्चात् अपने ''सबब'' को अनुभूत करे। उन्होंने ''सबब'' का अर्थ सरल

शब्दों में अभिव्यक्त कर कहा कि "सबब" वह भाव है जो निराकार परब्रह्म द्वारा बीज रुप में प्रत्येक जीवात्मा में संजोया गया है। इसी भाव द्वारा प्रत्येक जीवात्मा की स्वयं की अलग पहचान संभव है।

प्रस्तुत ग्रंथ द्वारा मानव से उच्चतर महामानव की अवस्था का सफर तय करने हेतु पर्याप्त प्रेरणा एंव पूर्ण मार्गदर्शन प्राप्त होता है। परमात्मा से एकरुप होने हेतु अनेक माग द्वारा प्रवृत्त हुआ जा सकता है। ग्रंथ बड़े ही सरल व सहज रुप से परमात्मा प्राप्ति, पूर्णत्व का भान कराने में अनुभवसिद्ध उपाय के रुप में प्रस्तुत हुआ है। ग्रंथ में दिये गये प्रयोगों द्वारा साधकों में अहंकार चेतना व शुद्ध चेतना का विवेक जाग्रत होकर, सत्यासत्य का निर्णय कर मानव प्रज्ञा में स्थित हो सकता है, जीवन मुक्त अवस्था को प्राप्त हो सकता है। ग्रंथ न सिर्फ संग्रहणीय है अपितु अनुकरणीय व आचरण करके आध्यात्मिक उपलब्धि हेतु अत्यंत उपयोगी व प्रेरणाप्रद है।

– प्यारु भास्कर

मेरे इश्क़ के हमसफ़र थे बहुत, मुझसे फिर भी ख़फ़ा थे बहुत,
तिनका-तिनका बिखर गए, आँधियों में बिछड़ गए बहुत।

वो शख़्स चैन चुरा ले गया, वो हमसफ़र भला था बहुत,
फड़फड़ाता रहता हूँ अब क़ैद में, मैं परिंदा उड़ा था बहुत।

तिनका-तिनका रोशन हुआ फिर भी आग में जला था बहुत,
ख़ूने दिल से यह वाक़या लिखा, एक न एक दिन रंग लाएगा बहुत।